捧 读

触及身心的阅读

你就这样
几小时地
听着雨声

[比利时]莫里斯·卡雷姆 著
胡小跃 译

南方出版社
海口

版权合同登记号：图字30-2022-008

图书在版编目（CIP）数据

你就这样几小时地听着雨声：莫里斯·卡雷姆诗集 / (比)莫里斯·卡雷姆著；胡小跃译. -- 海口：南方出版社，2022.3

书名原文：MAURICE CARÊME La saveur du pain

ISBN 978-7-5501-7543-3

Ⅰ.①你… Ⅱ.①莫…②胡… Ⅲ.①诗集—比利时—现代 Ⅳ.①I564.25

中国版本图书馆CIP数据核字(2022)第041336号

Copyright: © de la Fondation Maurice Carême.
Simplified Chinese edition copyright:
2021 Beijing Pengdu Media Co.Ltd
All rights reserved.

你就这样几小时地听着雨声

NI JIUZHEYANG JIXIAOSHI DE TINGZHE YUSHENG

〔比利时〕莫里斯·卡雷姆 【著】　胡小跃 【译】

责任编辑：	古　莉
封面设计：	陈旭麟 @AllenChan_cxl
出版发行：	南方出版社
邮政编码：	570208
社　　址：	海南省海口市和平大道70号
电　　话：	(0898)66160822
传　　真：	(0898)66160830
经　　销：	全国新华书店
印　　刷：	天津创先河普业印刷有限公司
开　　本：	787mm×1092mm　1/32
印　　张：	12.5
字　　数：	160千字
版　　次：	2022年3月第1版　2022年3月第1次印刷
书　　号：	ISBN 978-7-5501-7543-3
定　　价：	69.00元

莫里斯·卡雷姆

莫里斯·卡雷姆

L'oiseau

Quand il eut pris l'oiseau,
Il lui coupa les ailes.
L'oiseau vola encor plus haut.

Quand il reprit l'oiseau,
Il lui coupa les pattes.
L'oiseau glissa telle une barque.

Rageux, il lui coupa le bec.
L'oiseau chanta avec
Son cœur comme chante une harpe.

Alors, il lui coupa le cou.
Et de chaque goutte de sang
Sortit un oiseau plus brillant.

Maurice Carême

《鸟》

L'homme

L'homme et l'oiseau se regardèrent.
— Pourquoi chantes-tu ? lui dit l'homme.
— Si je le savais, dit l'oiseau,
Je ne chanterais plus peut-être.

L'homme et le chevreuil se croisèrent.
— Pourquoi joues-tu ? demanda l'homme.
— Si je le savais, dit la bête,
Est-ce que je saurais encor ?

L'homme et l'enfant se rencontrèrent.
— Pourquoi ris-tu ainsi ? dit l'homme.
— Si je le savais, dit l'enfant,
Est-ce que je rirais autant ?

Et l'homme s'en alla, pensif.
Il passa près du cimetière.
— Pourquoi penses-tu ? dit un if
Qui poussait dru dans la lumière.

Et, pas plus que l'oiseau dans l'ombre,
Que le chevreuil de la clairière
Ou que l'enfant, riant dans l'air,
L'homme ne put rien lui répondre.

Maurice Carême

《人》

Être poète

À qui rêve d'être poète,
Dieu donne un tranquille visage,
Des mains patientes et sages,
Une pensée si inquiète,
Si humble en son repli sur soi
Qu'elle comprend l'âme des bêtes
Et un cœur sans bornes, sans âge,
Où, comme en des grottes profondes,
Toutes les douleurs se répondent.

Maurice Carême

《当诗人》

卡雷姆与中国
（代序）

国际知名的比利时诗人莫里斯·卡雷姆生于瓦夫尔一个十分贫寒的家庭。他是个出色的学生，15岁就获得了奖学金，进了师范学院，毕业后当了小学老师，在布鲁塞尔的大区安德雷赫特教了25年书。1933年，他在那里建造了房屋，也就是现在的莫里斯·卡雷姆纪念馆和莫里斯·卡雷姆基金会所在地。从1943年起，他就全身心投入文学创作。1972年，他在巴黎被选为"诗王"。

他写了90多部诗集、小说和故事，他也是翻译弗兰德勒诗歌最出色的译者之一。他的诗，有时空灵，有时语气悲哀，直面大众，从小孩到内行的成年人都喜欢他的诗。世界上许多国家都翻译了他的诗，其中不少还被当时的许多大音乐家谱了曲。

他喜欢读书，对东方的智慧尤其是中国的智慧很感兴趣，从中找到了他最重要的灵感，远远先于《福音书》。他发现了孔夫子这个思想大师，在我们还不识字的时候，孔夫子的人道主义思想就已大放光芒，他不禁心驰神往。他也阅读《道德经》里面的格言，并且在中国诗歌里发现了更加令人惊讶的智慧。他弄到了许多中国诗选，一再重读，每次都收获满满，那种复杂的简洁和深刻的明了，他不断地用于自己的诗中。无论是张籍或李绅笔下痛苦而可怜的农民，还是一世纪的梁鸿所歌唱的人民，在他看来都是永恒的，不断地使他感动。

他又写了多少歌唱大自然的诗歌啊！诗中有许多珍贵的形象，让人想起深刻影响了印象派画家的那些令人赞叹的雕刻。莫里斯·卡雷姆还在诗中揭示生活中的哲理，那是建立在正义、善良、爱情和对战争的仇恨，当然，还有尊重他人的基础上的。"绅士不会把脚踏上邻屋的影子",他在献给"李"的一本书中兴奋地读到了这句话。

中国读者很容易明白胡小跃先生为什么要翻译卡雷姆的诗。卡雷姆的诗歌与历代中国诗歌有那么多的相似之处!况且,莫里斯·卡雷姆坚信,诗人无国界。

"四海之内皆兄弟。"孔夫子好像如此说。

莫里斯·卡雷姆纪念馆前馆长

雅妮娜·比尔尼

目 录

卡雷姆与中国（代序）——雅妮娜·比尔尼 *1*

01 不必说什么岁月匆匆

天空默不作声	*003*
我们想到了吗？	*004*
寻找心灵的影子	*006*
你可见过雨雪变老	*007*
一切皆虚幻	*009*
他总是充满渴望	*010*
你想怎么样？	*011*
简单却很难懂	*013*
他说话是为了打发时间	*014*
别吹嘘！	*015*
艺术家	*016*
树影	*017*

信念	019
真理	021
善良	022
圣人	023
逝水	024
吊钟海棠	025
幻想者	026
大楼	028
回声	029
灰尘	030
恶	032
井	033
美	034
塔	035
马	037
游戏重新开始	038
别那么着急	039
请你告诉我……	040
人不可能什么都有	041
人们如此匆匆	042
当你喜爱一切	043

永恒和无限	044
有什么关系！	046
大自然是个陷阱	048
他曾是一切	050
忠于自己	052
他以为自己在游荡	054
做梦有什么用？	055
为什么要跑？	056
突然听见丧钟敲响	057
为什么要我叫喊？	058
已是夜晚……	059
有什么关系！	060
我知道他存在	062
学者与乞丐	063
他不得不承认	064
另一个世界	066
大海后面……	067
不要说什么岁月匆匆	068
从死亡走向死亡	069
如果我知道	070

02 世上并无如此美好的爱情

因为你爱我,别人也爱我	075
世上并无如此美好的爱情	076
爱情忘了说过的话	078
致死神	079
我没有松开过爱人的手	081
失乐园的游戏	082
上帝也不信这话	084
我爱他爱得夜难眠	086
她有时离得那么近	087
春天里的疯子	088
在我们咫尺之外	090
鸟儿在飞翔中欢笑	091
天要下雨,那又怎么样	093
云啊,别再看着我	095
她的心藏起了我	097
我把你叫做我的花园	098
你穿过广阔的麦田	100
我知道你为我而笑	102
你会来的	103

你将来到这个果园	104
从前，我不慌不忙	106
真诚地希望	108
今晚，你要等我	109
太阳啊，你来得多么艰难！	111
你来自黎明	112
我手指一动	113
她在露水中奔跑	114
这么多墙都倒了	115
提起爱情	116
你穿着黎明的长衫	117
这是最后的太阳	118
你的小手	119
我将爬上高高的亚麻地	120
让这蓝色的小村庄睡吧	121
啊，这真的是千真万确	122
穿粉红色睡衣的恋人	123
一切都让我欢欣	124
你说话，是为了树林	126

03 消失在你消失的地方

灵魂的叫喊	*131*
他平静地走了……	*132*
死神经过他家门前	*133*
我清楚地知道……	*135*
我一直存在	*136*
没时间	*137*
衰老	*139*
当他临死的时候	*140*
怎么能相信！	*142*
让蚂蚁加快步伐	*143*
消失在你消失的地方	*145*
我还能笑多久	*146*
我会死吗？	*147*
号角	*148*
你谈起死亡	*150*
不满足	*151*
人与死神	*153*
这个死神在干吗？	*155*
看着船一艘艘驶过	*156*

当他看见死神敲门	*158*
墙	*160*
生命	*161*
他对死神说	*163*
我活着！	*165*
无畏者	*166*
死神对他们放话	*168*
死者	*170*

04 我将前往高高的麦田

你想让我做什么？	*174*
失望者	*176*
坐在阳光下	*177*
词的魔力	*179*
不满者	*180*
我将前往高高的麦田	*181*
对这个世界有什么办法？	*182*
但愿所有的人	*183*
地球是圆的	*184*
我怎能停止把你歌唱	*185*

谁也没有料到	186
他们生活过	188
本子	190
山杨叶	191
樱桃树	193
人	195
同样的太阳	197
海浪	198
好奇	199
永恒的人	200
天空在等待黎明	202
心啊,我徒劳地掏空了你	203
诗人的祈祷	205
秋雾	207
我就像一只羊羔	208
什么事都没有发生	210
大海与风	211
那是女人还是仙女?	212

05 只听见外面在下雨

夜里,有月亮	215
世界是美好的	217
我为什么歌唱	218
毫无知觉的石头	219
吃水线	220
大地就是天堂的边缘	221
诗人之死	223
你要知道为什么!	225
你就这样几小时地听着雨声	227
他以为抓住了天使	228
你要把我带向何方?	230
解梦的钥匙	231
你长大想干什么?	232
一个仙女在等他	233
上天就是我	235
他觉得赤裸更美	236
既然世界在他身上	237
他做了些什么	239
他想走出死路	240

他不想再做自己	*241*
他对大地说话	*242*
只听见外面在下雨	*244*
她把灯举得高高	*245*
那个小女孩死了	*247*
简朴	*249*
灵魂	*250*
影子	*252*
不安	*254*
永恒	*256*
看破红尘的人	*258*
大雨	*259*
浴女	*261*
心	*262*
神	*264*
鸟	*266*
门	*267*
海	*269*
圣安东尼的诱惑	*270*
奇怪的镜子	*272*
在奥尔良门前	*273*

那天你在干什么？	275

06 我可以给你黑夜

作家	279
黑蜘蛛	280
你回来时会厌倦一切	281
悲惨的日子正当头	282
又是平凡的一天	283
时间不等人	284
我可以给你黑夜	285
生活并非灰色	286
这有什么关系？	287
得到与享受是两回事	288
幸福地活着	289
谁能不怀疑一切！	290
虚无	291
别问我多大岁数	293
有的日子	294
为什么要乞求怜悯	295
让别人去呻吟……	296

不，我不知道……	297
陷阱	298
我生来是为了……	299
让时间来咬我吧	301
心已关闭	303
我不认识的朋友	305
老了也挺好	307
篱笆	308
他只想走路	309
天真汉	310
一个幸福的人	311
他们随时会走	312
这有什么关系	313
独在世上	314
如果你比我先见上帝	315
什么都没变	317
生活是奇特的	319
在死者当中	321
有什么用？	323
我，只能是我	324
总要从别人那里偷点什么	326

活着并不总那么有趣	*328*
生活是件平常事	*329*

07 幸福像只听话的狗

自从你去世的那天起	*333*
傍晚	*334*
幸福像只听话的狗	*336*
我的心是块黏土	*337*
线	*338*
如果我是海鸥	*339*
温暖的雨轻轻地落在屋顶	*341*
上帝,没必要瞒你	*342*
你是我的快乐	*343*
踏上你的路	*344*
你的手变得那么宽大	*345*
悲伤	*346*
享受生活吧!	*348*
当诗人	*349*
在时间的窗口	*350*
微风	*351*

猫与太阳	*352*
小女孩与诗人	*353*
母亲啊,天在下雨	*354*
捕鸟人	*356*
金子	*357*
那又如何?	*358*
夜晚总是来得太快	*359*
卡雷姆生平与作品年表	*361*
译后记——胡小跃	*365*

01

不必说什么
岁月匆匆

天空默不作声

在与生命奇特的博弈中,
你赢了什么又输了什么?
时间流逝,岁月匆匆,
你甚至失去了想赢的愿望。

信仰、金钱、荣誉和爱,
它们全都在跟你较量,
但在这巨大的赌场,
人啊,老得是那么快!

在与时间悲惨的博弈中,
你赢了什么又输了什么?
众神死了,天空默不作声,
人孤独地留在这世上。

我们想到了吗?

时刻都有人死去。
我们想到了吗?
我们仍快乐地活着,
像围巾在脖子上飘动。

每天都有婴儿
来到这个世上,
我们忘了,他们是否要在风中
与我们抢夺地方?

啊,我们的生命
永远在浪涛中颠簸,
我们如同江中的鱼,
从未想到会被捉住。

让我们说:管它呢!

每次打开家门
都让我们告诉自己:
死神已在门口。

寻找心灵的影子

过去曾有
一些痛苦
踏着古老的节奏。

过去曾有
一些风筝
在风中高高地飞翔。

过去曾有
一些孩童
追赶流逝的时间。

过去曾有
一些穷人
寻找心灵的影子。

你可见过雨雪变老

我敢说我不会老。
谁见过雨雪变老?
生命就有这种魔力!
冬天也向我伸出双手。

有时轻如鸿毛,
有时重如磐石,
我骑上所有的骏马,
十指停满雪白的鸽子。

牛奶般纯,面包般圆,
不知不觉,
我总是在星星上
跟你说话,

就像在花园里

晾晒白色被单的洗衣妇,
不知道自己是在晨雾中
播撒星星。

一切皆虚幻

一个文人说:
"一切皆虚幻。"
一个神甫说:
"一切皆可敬。"

一个说的是美、
荣耀和艺术;
另一个说的
是神圣的故事。

"啊!多么虚幻!"
诗人说。
"理智或疯狂,
世上的一切
最后都成一首歌。"

他总是充满渴望

他总是充满渴望,
渴望空间,渴望爱情,
渴望流逝的生命。
他的渴望是那么强烈
什么都无法使他满足。
他总是渴望,
结果别人都不知道
给他什么好,
于是
只好给他忧虑。

你想怎么样?

你想怎么样？我喜欢苦恼。
嘲笑我的这种快乐，
我不知如何回答。

你想怎么样？我喜欢飞翔。
尽管我只有（这是我的命）
一副纸做的翅膀。

你想怎么样？我喜欢
这永远抓不住的东西，
虽然它折磨和打击我。

你想怎么样？我喜欢天空。
当我对自己产生怀疑，
它会告诉我什么最重要。

可是，唉，我的心啊，
它从来没有（我多不幸！）
解决过任何问题。

简单却很难懂

如果简单却很难懂,
如果富裕却要乞讨,
如果谦逊却从不屈膝,
如果孤独却让人喜欢,

如果我想往上走,
身体却随坡下滑;
如果泉水吸引我,
火却要把我烫伤,

最后我打起精神
想让你认出我来,
却缩起来像个雪球,
刚好被永恒撞见。

他说话是为了打发时间

他说话是为了打发时间,
为了竖一道屏障
把虚无挡在外面。
他说话却不知道为什么说,
他神情疲惫,绞着双手,
遭受生命的肆意蹂躏。
他说着上帝应说的话,
而上帝却忘了
他究竟想要什么,天底下
有那么多不幸者在求上帝。

别吹嘘!

这么多卵石,没有哪两块相像。
人啊,不要如此吹嘘,
千百年来
这白茫茫的雾从来就不一样。

活在人间
为什么却向往天堂!
照耀我们的
难道不是同样的光芒?

生与死都很平常,
何必自欺欺人?
顺其自然吧!

上帝无暇改变的,
就让我们接受它。
没有什么荣誉能够持久。

艺术家

他想画一条河,
河流出了画面。

他画了一只鸟,
鸟立刻就飞了。

他画了一条鱼,
鱼撞碎了画框。

他还画了一颗星,
星星点燃了画布。

于是他在画布正中,
画了一扇门。

门里还有门,
他进了城堡。

树 影

中午,一个树影
照进他的房间,
一棵槭树诚实的影子,
金色和琥珀色的树影。

照到桌上的时候,
他为何这么恐慌?
这道光亮来自何方?
一切都似乎难以解释。

他砍掉了那棵槭树,
以为就此摆脱了影子,
谁知到了中午,树影
又慢慢地爬到他脚上。

他试图站起身,

躲到隔壁房间，
突然，他惊呆了：
他的双脚已经扎根。

信念

枯叶上雨水淅沥,
塔楼也不断滴雨。
城堡淹没于白日,
恐惧前来敲门。

影子接连不断,
恐惧久久敲门。
突然,缓慢的脚步声
响起在黑夜深处。

信仰提着灯
步伐轻盈,
沿着宽阔的走廊
匆匆走向大门。

它打开门,举起灯,
金黄的灯光照亮枯叶

和外面下得正大的雨。

人们还以为秋天
在熟悉的台阶上
像孔雀一样开屏,
但没有一个人影。

真理

如果心直口快
别人会说你傻。
然而,他所说的一切,
清楚得像冬青扎的篱笆。

可是,冬青有针,
谁愿意被扎?要知道
真理是赤裸的,
但戴着手套。

它回到自己的井里,
如果你口是心非,
它会藏而不露,

即使出来
也戴着巨大的项链,
除了手套,还穿拖鞋。

善良

镜子就是它的头,
人们不分早晚
来到镜子跟前。

谁也不曾想到
它在镜后流泪。
而照镜的人
都觉得自己美。
镜子似很客观,
公正履行职责,
但谁都没有发现
善良,

因为,它藏在镜后。

圣人

圣人一碰桌子
桌里流出黄沙,
被风吹得乱飞。

圣人一碰罐子
罐里飞出蜜蜂,
黎明时分嗡嗡。

圣人一碰桌布
布中掉出葡萄,
被火映得通红。

圣人一碰苹果
里面出来个人,
这人低头就哭。

逝水

如何留住逝去的东西?
它们逃得比流水还快。
我的双手很快就烦了,
不愿再做徒劳的事。

在这个令人失望的宇宙
我们只知道自己的样子。
我们的骨灰将随风飘走
我们只知道自己的样子。

在浓雾中前行,
我们很难看清
兄弟们的目光中
那条黯淡的亮光。

吊钟海棠

窗外就是深渊。

抓住什么东西?

这么多流星
却没有一个神。

如此孤独
却得不到原谅。

灵魂可能掉得很深
一片树叶都不颤。

幻想者

小时候,他想当王子,
独自统治一百个城市。

到了青春期,他又想当
伊瑟的情人特里斯唐[1]。

成年后,他想当诗人,
先知先觉,满腹经纶。

他想当那,又想当这,
反反复复,多次选择,
光阴流逝,生命将尽,
如今他沿着斜坡爬行,

回忆昔日玩耍的景象,

心中不再有那么多梦想，

只想重新变成泥土。

---

1 | 伊瑟和特里斯唐为中世纪凯尔特爱情传说中的一对恋人。

大楼

大楼望着树林
有点得意忘形。
它用巨石打造,
自信永远不倒。

  飞来一只鸟,
停在上面鸣唱,如玫瑰花开,

大楼如此吃惊
竟然没有发现
自己的窗户慢慢地变成星星,
  好像有个花园
冲破了牢笼,要在那里诞生。

回声

他大喊:"我来了!"
回声答:"我来了!"

他喊得更大声:"我走近了!"
回声也更大声:"我走近了!"

他又喊:"快了!"
回声又起:"快了!"

他接着喊:"是我!"
回声顿时消失。

灰尘

我变灰了?你想笑。
等我成为灰尘吧!
为什么我不能用手
在灰尘上写下上帝的名字?

你变灰了?好好看看:
你的手难道不漂亮?
我看见蓝天,整个天空
都倒映在你的眼中。

听听这温柔的话儿
像丝绸声一样悦耳,
麦子熟了,风在燃烧,
九月的苹果红得诱人。

好了,让这细细的灰尘

落在餐桌上,落在碗橱上。
一个孩子举起发声玩具。
花园里,一件衬衣在飘。

恶

恶,是不是一个
只有上帝才知的秘密?
谁都拿不到这把钥匙。
人,百思不解。
钉在十字架上的耶稣
最终也不免一死。
从此,唉,大地上
众多的阴影、伤口和不幸
埋葬了他的光芒。

井

每当他弯腰看井,
自己已知的事情
和想起来的一切,
他都不敢相信。

井底的幻影,
比镜中的美景
还要美丽千倍。
正当他想看得更清

一只冰冷的手
突然扰乱水面。
他目瞪口呆
似乎迷失在
陌生的空间。

美

他以为美能抓住,
就像体重能称,
或像是人的身体
我们能够拥有。

于是他到处购画,
邀请音乐名家,
还请人朗读诗歌,
雕刻精美的作品。

然后,他邀请美
进入他的城堡。
可是美早就在里面

与万物融为一体。
所以,他看不见
它招手向他微笑。

塔

他想登上那座塔,
高高耸立在云端;
他想登上那座塔,
爬了几天又几夜。

他相信,每上一层
都能揭开一个秘密。
他相信,每上一层
都离天空更近一步。

有时,他遇到一个人
再也走不动了。
有时,他遇到一个人
对他说,还是放弃吧!

当他磨破鞋子,
他已穿过云层,

当他磨破鞋子,
他仍鼓足勇气。

他还以为自己
第一个爬得那么高;
他还以为自己
穿过了最后那道墙。

然而,他越往上爬,
墙变得越厚,
然而,他越往上爬,
天变得越黑。

马

我的笔下跑出一匹马,
没有骑士,孤孤单单,
但我刚刚画了一片沙滩
和一个巨大的海洋。

我呀,我怎么可能知道
它从何处来,又要去哪?
它浑身乌黑,健壮高大,
我写的东西全被它弄黑。

然而,我应该想到
谁都不该把它叫唤。
它慢慢地扭过头来,

一副惶恐的模样。
它怕我把它读懂,
于是又马上变白。

游戏重新开始

小树越长越高,
枝头开满鲜花,
最后果实累累。
　　游戏重新开始。

不管是冬是夏,
时间飞快流逝,
如野鸽不停叫唤。

我们不如吃掉
让人想起天堂的苹果。
赤裸裸躺在井底,
　　才是真正的真相。

别那么着急

别那么着急!夜自会来临。
你很快就会回到自家门口。

让天鹅孵蛋,农民播种。
该怎样就让它怎样。

鼹鼠一身漆黑,如它挖的洞穴。
泥瓦工粗糙的掌心有一抹阳光。

磨坊难道比时间的轮子还要疲惫,
大海不像夕阳那样急于燃烧自己?

当你看到乌云遮住了太阳,
我的心,你为什么像蜜蜂

不知疲倦地碰撞迷人的蜂箱?

请你告诉我……

我可能比林边空心的榛子,
比大车运走丰收的麦子之后
挂在树枝的麦秆还要轻。
可是,请告诉我,大地
为什么像榛子一样圆润,
像金黄的麦秆一样闪亮?

人不可能什么都有

人不可能什么都有。
当一只狐狸,做一头羊羔
糊里糊涂,啊,妙不可言!

宁当无知的下里巴人,
也不当城堡里的国王,
人不可能什么都有,
这真是太好了!

难道我就不能有个摇篮,
一个似是上帝选派的母亲
在那里和蔼地看着我?
这真是太好了!

人不可能什么都有。

人们如此匆匆

人们如此匆匆,
地球已转得那么快,
甚至连村里的小孩
都不再采摘雏菊?

马儿步伐平稳,
生命不再颠簸。
宇宙像个箱子,
人们拼命去开。

可你听听心跳。
多美的音乐!听,
脚步在路上回响,
高处多么宁静!

当你喜爱一切

当你喜爱一切:柳树和青草,
石头与圆规,鼹鼠与翠鸟,
喜爱木匠和马路上的清洁工,
而永远不必问为什么;

当你不动脚步,就能来到
沙滩与森林,丘陵与山谷,
教堂前的广场和公共牧场,
而永远不必问是否在家中;

当你最喜欢在田边坐下,
独自遐想,那时,老友似的天空
会前来拜访,覆盖你的生命,
像蓝色的桌布铺在白木的桌上。

永恒和无限

永恒和无限
最后终于结婚

时间每天都说:
"我肯定能当教父。"

空间对平原说:
"我很快就会当教母。"

大家当然以为
他们会子孙满堂。

时空等了很久,
最后焦急地想

虚无是否让他们
失去了生育能力?

大家都像摩西,

在永久地等待

许诺我们的吗哪[1]。

---

[1] 吗哪,《圣经》中所说希伯莱人出埃及之后穿过西奈荒漠时获得的神赐食物。

有什么关系!

他不知道自己说些什么。
她更不知道他说些什么。
  但这有什么关系!
他们互相理解,甚至很理解。

他不知道自己是否爱她。
她更不知道他是否爱她。
  但这有什么关系!
他们相处融洽,甚至很融洽。

他不知道自己在想什么。
她更不知道他在想什么。
  但这有什么关系!
他们活着,甚至活得很好。

他不知道自己是谁。

她更不知道他是谁。

　　当个玩偶有什么关系!
只要命好运气好!

大自然是个陷阱

他以为自己是云雀,
她以为自己是镜子。
他唱歌唱得震天响,
她在黑影中不开腔。

黑麦已经成熟,
矢车菊蓝蓝的,
就像人的眼睛,
天空也那么纯净。

对于冷酷的灵魂,
对于天真的心,
大自然是个陷阱。

云雀哑了,镜子碎了……
田野寸草不生,
黑麦被磨成粉。

这时，出现了爱情的面包。
来吧，轮到你了！

他曾是一切

他曾是地点、公式和先生,
是受人爱戴的信徒,
他曾是金色的夕阳,
是水银、花朵和晨露,

他曾是夜,是灯,是鸟,
是终获自由的奴隶,
是关上门的地窖,
是真正的收获和模子,

他曾是空间和时间,
是外表和无限,
是结束和开始,

是短暂的生命和永恒,
他是一切,所以虚幻。

可大家都愿意相信他

执意地崇拜他。

忠于自己

忠于自己,他一再说,
　　　只忠于自己。
但在一个荒凉的小岛,
谁能活得下去?

忠于真理,他一再说,
　　　只忠于真理。
但不停地围绕着真理,
谁能平静地生活?

忠于正义,他一再说,
　　　正义和正直。
他在城里喊得那么响,
结果马上就遭到逮捕。

那就坚持善良,他说,

宽恕和仁慈。
他将永远贫穷,被人遗忘,
在流放中死去。

他以为自己在游荡

他以为自己在游荡,
其实直奔目标。

他以为自己在玩耍。
其实一切都已料到。

他以为自己在做梦,
其实看得清清楚楚。

他以为自己在请求,
其实得到了一切。

他以为自己弄错了。
说话的是他的心。

做梦有什么用?

"做梦有什么用?"她说,
梦与现实是同一回事。

谁会想到去责备她。
玫瑰布满露水。

爱玫瑰还是爱它的影,
世上又有谁说得清?

难道天空就永远真实?
人们竖了那么多梯子

却从来不曾爬到顶。
"做梦有什么用?"她说,

"跪着离天更近。"

为什么要跑?

为什么一直跑到马赛港
才随意找个生活的地方?
为什么一直游到侯爵岛
才把自己晒成古铜色?

乱云飞渡时
为什么要去花园
看落叶残红?
最美的花在心里。

又为什么要踏遍全球
前往海角天涯?

幸福就在家里,
静坐阴影之中。

突然听见丧钟敲响

日子过得太慢,时间
却走得快!没人相信
士兵在哨所里面踱步,
走的路比在集市里多。

刚刚出生,又得离开
这个过于拥挤的世界。
开门关门的间隙,
人们又重聚门前。

这种状况一再延续,
直到一天晚上
人们正沿着墙行走,
突然听见丧钟敲响。

为什么要我叫喊?

为什么要我叫喊?
生命冷酷无情,
继续压迫我们。

为什么要我梦想?
你一老老实实,
恶就缠你不放。

为什么要我相信
又聋又哑的上帝,
他高踞十字架上,
会给我美好东西?

已是夜晚……

已是夜晚,已是深宵。
人们说,并假装相信
明天将是辉煌的一天。

可惜,这是瞎说,
一谈起天堂,
今晚的夜就显得太黑。

生者,哪怕是最伟大的生者,
只要他们死了,
就是大错特错,无法补救,

可每当我们被黑暗包围,
我们就会说还有明天。
明天又能怎么办?

有什么关系!

风暴刮走了麦子,
这有什么关系!
你会从岁月深处回来,
带着沉甸甸的麦穗。

天要下雪就下吧!
我们不怕黑夜深沉。
一片明亮的星星
跟在你的后面。

未经磨光的金子
会被冻得失去光泽,
但在你的回忆当中
到处都是蟋蟀。

玫瑰,凋谢了?

树枝,折断了?
但你已在永恒中
扎根。

我知道他存在

"你要去何方?"
人们惊讶地问他。
"哪怕闭着双眼,
我也知道去哪。"
他这样回答。

"你想去找谁?"
"我不知道找谁,"
他回答说,
"但我知道有这么个人,
这就够了。"

"你何时能找到他?"
"也许马上……
不过,我只请他
在我不幸的时候
点亮我心中的灯。"

学者与乞丐

"这是灰尘。"学者说。
"不,这是小路上
太阳刚洒下的光亮。"
乞丐回答道。

"精神不过是面镜子。"
学者又说。
"一面空空的镜子。"
乞丐回答说。

"你们是,"学者说,
"蒙在镜子上的灰尘。"
"你们是,"乞丐说,
"妨碍星星喝水的
一大障碍。"

他不得不承认

他喝了最美的酒,
吃了最香的面包,
　　他不得不承认
他更饿了,
他更渴了。

于是他走向光明,
吃了真理的面包,
　　但不得不承认
他仍然那么饿,
他仍然那么渴。

他突然想献出
他最好的面包和酒,
　　这时,他惊呆了:
看见别人在吃,

看见别人在喝，

他忘了自己很饿，
他忘了自己很渴。

另一个世界

一滴雨水,一颗珍珠,
他觉得就是世间的欢乐。
山丘上的樱桃树
就是世界的屋顶。
女人的一片心,
朋友的一句话,
就是世界的血液。
可人们谈起另一个世界,
往往要求助于天使,
他对此总感到不解。

大海后面……

大海后面,是田野;
田野后面,是小桥;
桥后,是山,
山后,是云。
你从不满足。

你想在哪里停下?
一张奇特的网罩住了你,
你来来往往,犹豫不决,
动不动就去采摘菊花。

在这个自私的世界,
哪怕走到天涯,
你也只能看到
你,永远是你
与自己的影子做伴。

不要说什么岁月匆匆

不要说什么岁月匆匆
你只信眼前之物。
如果立刻就死掉,
不如当一条鼻涕虫!

就像夏天的时候,
松鼠不愿意离开
被风吹断的树枝。
你无法想象

自己会离开这屋子。
哪只蚂蚁不像你一样,
舒舒服服地在草上爬行
自以为是在世界的中心?

从死亡走向死亡

我们崇拜神灵,
虔诚地祈祷。
一切皆徒劳,
众神早已死亡。

甚至耶稣也扭过头,
朝着铅灰色的天空
大声喊道:
"为什么把我抛弃?"

唉!我们都一样,
从死亡走向死亡,
无论
我们是活是死。

如果我知道

如果我知道
自己想要什么,
我就是最快乐的人,
可我不知道。

如果我知道我爱谁,
我确实会很幸福。
可我连自己都不爱,
又怎能知道自己爱谁?

如果我能欺骗自己,
我就继续欺骗,这样
哭的时候就不会那么孤单,
可我骗不了自己。

其实,只有死
才能使我不再忧伤。
可时间越长,
我越不相信死亡。

02

世上并无
如此美好的爱情

因为你爱我，别人也爱我

因为你爱我，别人也爱我。
你的身材是那么漂亮，
大家都想碰碰你的臂膀。

因为我爱你，别人也爱你。
世界已跟你说定，
要拥有你的欢笑，你的声音。

人们会爱我，人们会爱你，
我身上的男人和你身上的女人
会变得比以前更了不起。

世上并无如此美好的爱情

让我们在水中好好看看自己!
我们是否有两只手,一张脸?
让田野、鸟儿、小路、小溪
为我们作证。这个世界
承受不了这样的爱情。
阳光也不可能总照着它。
我们独自待在水边,
我们独自待在树下,
高高的桦树直指蓝天。
在别人的世界里,是否也有
别的桦树,别的小溪?
我们的手握在一起,
就忘了自己是谁;
我们的唇贴在一起,
就忘了虚伪与现实
到底有什么区别。

我们在同一道光亮中融化,
没有了年龄,失去了重量,
世界拥有了我们的面孔。

爱情忘了说过的话

她曾对他说:"我爱你。"
他也曾说过这样的话。
总是同样的问题,
爱情嘲笑说出的话。

她真的说过"我爱你"?
他也曾真的这样说?
大家最终还是不敢信,
爱情忘了说过的话。

已经过去几个星期,
谁还记得说过的话?
不过总有一天,
你们真的会堕入情网。
爱情嘲笑所说的话。

致死神

死神啊,我要嘲笑你幼稚而天真,
你以为让我头发变白,夜夜失眠,
心跳失常或神经衰弱,
　　就能把我抓住。

你在花园门口突然夺走了我母亲,
以为这就能让我明白,
你带走我,就像在暖房角落
　　砍掉一棵葡萄树。

你以为,一个个夺走我的朋友,
让我闻到你暴唳的腥风,
我就会举起双手
　　惊恐地向你投降。

我知道要逃脱你的掌心
比登天还难!你双腿很长,

疾走如飞，戴着皮制的面具，
　　看起来一脸善良。

可是死神啊，当我看见你加快步伐，
抬高嗓门，想夺走我这具
羸弱可怜的躯体，就不禁大笑。
　　拿走吧，归你了。

我的爱挺拔在山坡，
你早就放弃了努力。
它的根扎得那么深，你的斧头
　　又怎能把它砍倒？

我没有松开过爱人的手

我这一辈子
也许不那么勇敢
走过很多弯路,
还磋砣岁月,
让许多歌
白白地随风飘走。
我很少像人们以为的那样。
但当我的心在雨后的麦田微笑,
像太阳一样闪耀,
我从来,从来没有
松开过我爱的那个人的手。

失乐园的游戏

玫瑰开的
是泪水之花,
这里的人
都不喜欢它。

然而,樱桃树
却在微风当中
以樱桃作掩护,
结满一串串吻。

相爱的恋人
在树下拥抱,
甚至看不见

那赤裸的魔鬼
可爱地在枯叶中
一直在跟他们玩

失乐园的游戏。

上帝也不信这话

"我爱你胜过爱自己。"
　　他对她说。
"你想让我相信这话?"
　　她问。

"为了你我愿献出生命。"
　　他对她说。
"我是否该相信这话?"
　　她问。

"为了你我可以抛弃上帝。"
　　他对她说。
"甚至上帝也不信这话。"
　　她回答说。

由于她只爱自己,
　　结果孤独一生。
"那就……算了吧!"
　　他回答说。

我爱他爱得夜难眠

我爱的人请快点来,
我爱他胜过爱自己,
可他一点都不知道
我爱他爱得夜难眠。

让他来到这个城堡,
在里面选一个公主,
公主跟他一样美貌,
长发披肩如同飞瀑。

我见他欣喜若狂,
身边的灯光
似乎都突然黯淡。

而我却脸色苍白,
如死了一般,
靠着窗站在外面。

她有时离得那么近

她有时离得那么近,
他觉得伸手可及,
可她又突然那么远,
消失在黑夜尽头,
长天无月。他深感失望,
以为再也见不到她。

可她却经常回来,
有几天甚至跟他说话,
慈祥得像母亲一样,
长久以往,他最后觉得
天空是如此善良,
自己的生命微不足道。

春天里的疯子

"如果樱桃树的花
结不出天上的果实,"
她说,"我很可能
不会爱上你。"

"如果壁炉上的鸟儿
不是刚流放回来,"
他说,"我很可能
不会遇到你。"

他们笑着搂在一起,
如同春天里的疯子,
他们心里十分清楚

是他们的心而非樱花,
也不是壁炉上的鸟儿

使他们成为一对鸽子,

停在幸福的屋顶。

在我们咫尺之外

现在是白天,
还是已经天黑?
院子里的小猫
是黑还是白?

现在是白天,
还是已经天黑?
塔楼没有支撑
似乎就会摇摆。

夜与昼都很短暂,
但没有我们,亲爱的,
不管是白天

还是黑夜,
在我们咫尺之外,
一切都不存在。

鸟儿在飞翔中欢笑

鸟儿在飞翔中欢笑,
玫瑰在开花中欢笑,
我和她一样,
我们在心中欢笑。

是的,永远是她,
六月的月亮如花,
像斑鸠一样暖和,
浑身充满了幸福。

泉水边上的草地,
微风吹拂的丘陵,
羊羔喝水的清泉,
你要它们说什么?

黎明会告诉白天
太阳想要什么?

恋人会告诉恋人
他最大的秘密?

鸟儿在飞翔中欢笑,
玫瑰在开花中欢笑,
我和她一样,
我们在心中欢笑。

天要下雨,那又怎么样

天要下雨,那又怎么样。
不管晴雨,我都要见她。

我将见她,她戴着花,
风儿吹散了她的长发。

再见到她时,她身后,
是绣着燕子图案的地毯。

再见到她时,她四周
缭绕着喜庆的云雾。

所有的碎石小路
都有她的脚步声响。

她的眼中,天空广阔,
今天,一切都将重来,

换一种方式开始:
美景将一望无际,

小路不再延伸,
到处都是鲜花。

枯叶做的灯
为我们打开所有的门。

云啊,别再看着我

她人还没到,
我就听见丁香在笑;

她还远在草地,
篱笆就开始接吻。

云啊,别再望着我,
你还没看见她的脸?

道路啊,让我喘口气,
你弯弯曲曲就像她的手。

蜜蜂啊,别再热情地飞舞,
你的眼睛就像她那样阳光。

麦丛中,我分不清哪是她的裙子
哪是夏日的天空,

在我歇脚的地方,
有棵粉红的小桃树在笑。

她的心藏起了我

你可看见,小路上,
她让阳光发疯,
让树枝做梦,
与飞舞的蜜蜂游戏?

她的长发是我的矮林;
她的歌是我屋顶的两翼。
我融入她的身影,
她的心藏起了我。

你怎么可能认识她?
一辈子肯定不足够。
只要她的脸出现在窗前,
最美的天空都会被人忘记。

我把你叫做我的花园

我把你叫做我的花园:
你的嘴像草莓般圆润,
你的脸,新鲜的苹果,
你的思想是朵朵鲜花。

你的身体黎明般宽厚,
比杉树林还要神秘;
薄荷和百里香的味道
把你裹得比衣裙还严。

你怎能不让我
充满歌声和笑!
你轻轻的一个动作
就能让我软了手脚。

我天天都围着你转,
你看着我,无处不在,

如果我乘你不留神
在路上摘了一朵玫瑰，
爱人啊，我就吻它！

你穿过广阔的麦田

你穿过广阔的麦田,
在小路上越走越远。

你在远处变成一个点,
就像路边的一朵雏菊。

你在阳光下扬起手臂
像蜜蜂一样金光闪闪。

洗衣池边还剩一个影,
可惜我已看不清。

天慢慢地黑了,
如果不是鸽子

像一颗颗白色的星星,
遍布树木掩映的村庄,

我真的会以为

黑夜已经降临。

我知道你为我而笑

我知道你为我而笑,
你知道我为你而梦。

让我停止做梦,
让你重新微笑。

让你停止微笑,
让我重新做梦。

让这美好的循环
如日落日出反复,

昼夜相融,爱情之树
与月亮般洁白的雪难分。

你会来的

你会来的……树林
　　已激动地让出路来，
你会来的，如一朵雏菊
　　黎明已把它采摘。

你会来的，用你的小手
　　给我带来整个世界，
你会来的，像圆舞的乐曲
　　在小路上回响。

你会来的……我已没有局限，
　　心在蓝天融化，
你会来的，像一朵雏菊
　　让草地永恒。

你将来到这个果园

你将来到这个果园,
那儿的天空
美得就像苹果树上,
一朵又大又明亮的花。

你将像个听话的女孩,
动不动就脸红。
青春勃发的乳房
刚在胸前隆起。

你久久地望着我,
却不敢扑进我的怀抱。
我也在苹果树下
久久地,久久地看着你。

然而,我既看不见
你温暖金黄的脖子

和你弯曲的双膝,
也看不见你湿润的唇。

我们俩都将猜到
彼此会爱上对方,
苹果树势必结果,
八月天肯定会变蓝。

从前,我不慌不忙

从前,我不慌不忙,体胖心宽,
走路时,燕子在头顶与我同行。
严肃而清朗的大熊星,
那是夜晚放飞的风筝。

我对爱情没有任何要求,
只想偷偷地看恋人一眼,
真诚地笑笑。我不敢告诉她,
她可能也如此,不敢说爱我。

我的财富全装在孩子玩的船上,
船笨拙地在灰色的水塘里打转。
上帝在教堂门口亲自把我迎接,
只看了我一眼,我就忧虑全无。

今天，我的爱希望能够永恒，
我的梦走得比星星祈求得更远，
我的这颗心啊过于沉重累赘，
有个神，回忆起繁花似锦的节日。

真诚地希望

真诚地希望,

甚至直到永远。

　　有没有可能

让两段爱情

在同一条路上通过?

今晚,你要等我

今晚,你要等我。雾已歌唱,

风像狍子一样在草中嬉戏,

月亮刚把角伸进池塘,

杉树翻开了它的传奇故事。

亲爱的,千万别感到惊讶,

我来解开你缠在树上的头发,

在我手中,它轻似烟雾,

被月光照得洁白如银。

我摸过的荨麻突然变成了兰花,

我分开的荆棘伸出温柔的手臂。

　　我像王子一样向前。

瞧：麦子在向我挥手致意。

　　我的塔楼遍布全省，

我把整个布拉班特[1]都奉献给你！

---

1 | 古代公国，现分属比利时和荷兰。

太阳啊,你来得多么艰难!

太阳啊,你来得多么艰难!
大地啊,你转得多么缓慢!
蜜蜂,你们竟然还在睡觉?
曙光啊,你还在等待什么?

快,快!快把欧石南照亮!
那只不幸的公鸡,何时啼唱?
为了把黑夜挡在山后,
它在天上偷盗了时光。

月亮啊,带着你银色的牧鞭,
走下青草遍地的山坡。
快让你的星群像羊一样叫唤,
让草木发亮,黎明到来!

林边,恋人正在等我。

你来自黎明

你来自薄荷和黎明,
再也没有父亲母亲。
你像骤起的晨雾,
身上披满霞光。
你会慢慢长大,
在夏季里成熟,
乖孩子绕膝,
感到自由自在。
我把你的形象
完整地留在生命之中。

我手指一动

我手指一动,
你就可以变成翅膀,
高高的橙树下,
你可以在我身上散步。
用裙子给我带来
黎明的一切宝藏,
甚至用你的手
不断让天空下降,
让我周围的一切
都变得那么明亮。
以致人们能通过你
看见我闪亮的心。

她在露水中奔跑

傍晚时分,她在露水中奔跑,
然后哼着小曲,在雾中消失。

你已见她在金色的麦浪中隐没,
但夕阳又把她引到高高的窗边。

她探出身子,你可看见
她的长发沿着墙壁垂下?

她的大眼睛在夜色中闪亮,
安慰着你沉睡的心灵。

我的情人,她沿着田野行走,
但当第一道炊烟升起的时候

你会看到她在霞光中笑着
向你跑来,喊着你的名字。

这么多墙都倒了

这么多墙都倒了,
这么多树都断了,
这么多狗在狂吠,
如何读懂你的心?

如何在众多的声音中
辨认出你的声音?
它们急于歪曲你的思想,
用旧日惯用的伎俩。

如何相信你是真心?
因为你童年的声音
现在已经荡然无存。

为了不再听到它的哭泣,
难道不是你,
把它丢在漆黑的荆棘丛中?

提起爱情

啊,提起爱情,
怎能不想起地球是圆的,
就像跳圆舞的孩子
总有轮到的一天!
啊,提起爱情,
怎能不想起地球是圆的,
用洒满阳光的手
捧着世界地图的
永远是真与善。

你穿着黎明的长衫

你穿着黎明的长衫
在我蓝色的梦幻边缘,
你一站起来,
我就忘了自己身在何方,
在你麦穗般的头发下面,
我久久地待在草地上,
像一轮消失的太阳。

这是最后的太阳

这是最后的太阳,这是最后的寂静。
礼拜天正迈着沉重的步伐离开。
忘了是夜晚在舞蹈
还是松鼠在树枝上蹦跳。
崎岖的小路上,野兔经过
压倒了牛至和薄荷,爱人啊,
让我把它们的香味留在你眼中。
慢慢地,我又在你的臂弯里
找到了这阳光灿烂的日子,
找到了相约于松林的快乐,
就像两个孩子,仍沉醉于晨曦。

你的小手

天哪!你的小手
就握在我的双手当中,
你的小脚引导着我
前往该去的地方。

我可以看着你,触摸你,
你的脸鲜嫩得像刚收获的麦子,
我可以跟你说话,听你说话,
就像听红喉雀歌唱;

让你的双臂成为一条项链搂着我,
感觉到你雏菊般的大眼
目光落在我的身上,
我陶醉了,沉浸在狂欢之中,
知道有你的存在,这就够了。

我将爬上高高的亚麻地

我将爬上高高的亚麻地,
金色的钟状花粘在脚边,
这花呀像钟,远远就能听见,
再大的钟也没它清脆响亮。
是的,我将前往橡树林,
缕缕晨曦沾满了手指。
在平原的所有小路上,
你看见的除了我还是我。

让这蓝色的小村庄睡吧

让这蓝色的小村庄睡吧,
金黄的树枝是它的摇篮。
它在秋色中巨大无边,
在你的眼睛里茫然无限。

你是如此巨大而宽广,
似乎覆盖了整个草地。
在你赤裸的肩膀后面,
是硕果累累的一个个果园。

请别再动。你一旦站起,
这所有的景色
立即就会消失,
它现在正在你四周做梦。

啊,这真的是千真万确

啊,这真的是千真万确,
比世上最美的梦还让人激动!
你爱我,是的,你这样说过,
甚至还在这里对我发了誓,
可这已是昨天的事……
啊,如果你爱我,今天请再说一遍!

啊!就说我永远属于你,
从此我在世界上不再孤单,
说整个世界现在都属于我。
请再说一遍,对着满天的燕子,
往前延伸的小路,没有一条
不带我走进繁花似锦的春天。

穿粉红色睡衣的恋人

为了能突然撞见
穿着粉红色睡衣的恋人,
吻她月光般晶亮的脚趾,
我会让太阳升起。
见她,是我唯一的念头;
我只想闻她的气息。
她属于我,我属于她。
我们俩就是夜鸟归巢时
扑动的那对翅膀。

一切都让我欢欣

一切都让我欢欣,
蜜蜂的螯针,还有你,
与云影游戏的阳光,
你可有她的脸那么灿烂?

树枝啊,浓雾弥漫时
你若隐若现,如真似幻,
可比起她天仙般的腰肢,
你又算得了什么?

不慌不忙的星星啊,
你们是上帝虔诚的信徒,
可她眼中的善良纯朴,
你们永远不会拥有。

只有一个重重的吻

有时能够把她俘虏。
上帝啊,为了说出她的名字
我还有什么想不出来?

你说话,是为了树林

你说话,是为了树林,
为了山坡上灿烂的花朵,
为了蓝色而宁静的阴影,
它遮掩了我们握着的手。

你说话,是想知道
自己到底说些什么,
你说话,就像人们
在梦中穿越镜子。

你说着,你说着,
就像七月的百合
在暴雨中闪耀和燃烧。

你说话,并惊讶地发现
自己已不能停止说话,
你发现自己说话

是为了更好地把我拥抱。

03

消失在你消失的地方

灵魂的叫喊

灵魂的叫喊没人听见。
包裹它的是一团团肉,
可以安全地把它扼杀。

来吧,你可以掐得更狠,
活结也可以勒得更紧!
它永远不会挣扎。

可是,如果你的脸上
没有出现死亡的痕迹,
人们会以为你很开心。

他平静地走了……

"哎,我的影子呢?"他问,
"我在墙上再也看不到它。"
然而,他依然平静。

"哎,墙到哪儿去了?"
他第二天突然大喊。
然而,他依然平静,
走自己的路。

但第三天,影子失踪了,
墙不见了,路也消失了,
甚至连狗也不见一只,
管他呢!他想,走吧!

他已经死了三天。
但平平静静……

自己浑然不知。

死神经过他家门前

死神经过他家门前
抱着一具长长的尸体。
死神经过他家门前
但他没有认出它来。

"告诉我,
你抱着这具躯体去哪?"
死神没有耳朵,
头巾下只有脑门。

走近死神,他才看见,
露出大衣外面的。
走近死神,他才看见,
不是脚,而是骨头。

这时,死神望着他,
瞪着两个巨大的黑洞,

这时，死神望着他，
把怀里的尸体给他看。

"他刚刚死亡，"
死神冷笑着说，
"他刚刚死亡，
只因在门口看了我一眼。"

我清楚地知道……

我清楚地知道死神不会让我
远离这屋子,我是如此爱你。
某天早晨他把我从你怀中夺走
只为了不让你受到惊吓。

你将听见我的心贴着你的心,
低声地深深感谢它,有时,
你挺起强壮的身体扛起这个世界,
让我感到自己是如此幸福。

我将在你眼中看到,美好的日子
在温暖的阳光中成熟,
我将像那些沉甸甸的麦穗
吸足阳光,重新亲吻大地。

我一直存在

"我一直存在,"他说,
"一直在尘土中跳舞,
千年之前就如此,
早于荷马维吉尔。

"我只出来一会儿,
想尽快回去,却一拖千年,
回去之后是人,
是菊,也许是蛾。

我当然不想成为
窗前的那个工匠,
他正在刨木头。

如果我来世变成鸟,
我不会歌唱别的,
除了我永恒的尘土。"

没时间

有人敲门,
"谁?"他问。
"是你已逝的青春。
它正在流放。"

"没时间,"他大喊,
"我事情多得很。"

有人敲门,
"谁?"他问。
"是你已逝的壮年。
它正在流放。"

"没时间,"他大喊,
"我事情多得很。"

有人敲门,

"谁?"他问。
"唉,是你已逝的老年。
它正在流放。"

"没时间,"他大喊,
"我事情多得很。"

有人敲门,
他想:"这回是死神。"
但死神已经死亡,
来的是埋葬他的人。

"对不起,"埋葬者说,
"死神抛弃了你。
我要做的事太多,
再见!就这样了!"

衰老

他心想:
要是我能超越时间
我就永远不会衰老。
然后他寻思:
时间究竟是何物?
他思考这个问题,
越来越执着,
却忘了自己正在老去,
忘了白天黑夜,
忘了好年头坏收成,
忘了忧愁,
忘了白发悄然上头。

当他临死的时候

他问自己
自己临死的时候
那颗星星
是否还高挂天空?

那棵高高的杨树
如此熟悉
夏天的微风,
是否还安然无恙?

花园里的那只小鸟
深谙日出的奥秘,
那只小小的金丝鸟
它生活得可好?

他感到死亡临近
便闭上了眼睛,

微弱的光芒
出现在另一个世界,

他看见那只鸟
那颗明亮的星
还有那棵杨树
从影子里出来。

在夏天的微风里
他听见
太阳
似乎在悄悄升起。

怎么能相信!

别自找麻烦。
不管疯子说什么,
事实就是事实,
辉煌的日子也同样。

有人在漆黑的门上
钉了只猫头鹰;
有人在衣柜上
交叉钉了七颗钉。

安了那么多门栓,
开个门那么艰难。
认了吧!但是,
当死神抓住了要害,
你又怎能相信?

让蚂蚁加快步伐

不管你高高在上,
还是卑贱低微,
抓着王牌的总是死神。

最好还是不要想它,
快乐地及时享受
将被它夺走的一切。

别管善良的拉封丹[1]怎么说,
最好还是学学
树洞中的知了。

让蚂蚁加快步伐,
追逐鲜花和蜜蜂。

在阳光下放歌,

没有人会不高兴。

---

1 | 拉封丹,十七世纪法国著名的寓言诗人。

消失在你消失的地方

死者啊,你们躺在
夏天炙热的阳光下,
你们知道生命很轻,
就像运麦的大车
掀起的一阵尘雾。

你们穿着沉重的鞋子,
稳稳地播撒和收割,
你们看着我们累弯腰
艰难地背着麦子
慢慢地往坡上走。

死者啊,你们躺在
夏天炙热的阳光下,
当我们惊惶失措
消失在你消失的地方,
是谁不让你们说话?

我还能笑多久

我还能笑多久?
没有人说得清。
但我这把老骨头
唱得比竖琴动听,

(我坦率地承认)
尽管有时走调。
没有主人的城堡,
你说有何价值?

只要我还有力气,
还能嘲笑自己,
老朽就站得笔直,

但愿在摆脱羁绊
走向死亡的时候,
能够无怨无悔。

我会死吗?

是的,我会死……那又怎样?
风不是照样
在树上吹刮?
我的猫在喝牛奶的时候
眼睛不还那么晶亮?

愿你能在别人的怀中离世。
青春,它让我笑得欢心。
在麦田里,在落叶松
刺鼻的味道当中,
谁比我把你抱得更紧?

再说,我真的会死吗?
我在熟悉的脚步声中
听见道路在大声歌唱,
麦子不断地变黄,
有的时候,我真怀疑。

号角

在果园的树荫下,
死神吹响了号角,
他仅仅是在玩耍,
并没有别的想法。

大家都开始逃跑,
哭喊着连蹦带跳。
大家都开始逃跑……
死神觉得惊讶。

"他们疯了,"死神说,
"真是天底下的傻瓜。
他们疯了,"死神说,
"我不过是在玩耍。

"我不会带走任何人,
我只是拿起了号角。
我不会带走任何人,"
死神说,"我只是在玩。"

你谈起死亡

你谈起死亡,
就像谈起一个乳品商,
她在装潢庸俗的店里
忙于自己的生意。

从此,十字架和教堂
对你不再重要!
上帝乐得在外
晒太阳逍遥。

如果失去信念,
流浪的生活会很沉闷,
就像强光刺眼,
喜鹊盲目乱飞。

不满足

他把手套扔进大海,
海水把它冲了回来。

他把帽子扔到空中,
风把它吹了回来。

他把羽毛扔进河里,
河水把它送了回来。

然后他去寻找墨水瓶,
看见天空在给他制造。

他是否发现了一个新词?
他看见那个词在天上闪耀。

他累了,呼唤死神,
死神却装聋作哑。

牧场金光点点,
满是蜜蜂嗡嗡。

人与死神

"怎么？你还在这里？"
死神问道。
"今晚，我得在旺德尔港[1]
把你抓走。"

人惊讶地答道：
"有个神对我说，
我必须在灰色的农舍
等待你的到来。"

死神陷入沉思。
谁知道他在想什么！
"这么说，应该在这里
把你吊死？

朋友，晚上见……"

他脸色苍白,
死神却不慌不忙,
去旺德尔港等他。

---

1 | 法国港口。

这个死神在干吗?

走廊尽头
这个死神在干吗?
人们以为
它要打开大门。

不,它在那儿,
通体透明,
它迷人的声音
也没这么空灵。

来到它的身边,
永远没人知道
能否穿越死亡,

或者,碰到它的时候,
不知道是否在手套里
摸到了天空的边缘。

看着船一艘艘驶过

看着船一艘艘驶过
他明白了不少道理。
他在白屋的窗前
等待死神的来临。

他知道死神会来,
女人般摇晃着身体,
它已看惯灵魂如水
在寒风中流走。

他知道,他微笑,
觉得这样更简单,
否则得准备邮票
贴在死亡信上。

他看着船一艘艘驶过，
见自己坐在上面，
在湛蓝的海上
慢慢地经过死神身旁。

当他看见死神敲门

看见死神敲门,他还以为
自己已经死亡,身体冰凉,

以至于死神进楼的时候,
他吓得说不出话。

死神问了他一句之后,
连声向他道歉。三楼那个

贪婪狡猾的小寄生虫,
才是死神寻找的目标。

如此近距离见过死神之后,
他变得十分开心,

许多年以后,
当死神真的来敲门,

他会平静地请它进来。

墙

墙就像是一团影子
正慢慢向城堡袭去。
前往墓地历险
现在似乎太早。

然而,必须通知
住在城堡里的生者:
所有的大门
都通向死者的花园。

别吹响号角,
更不要采摘玫瑰!
合上眼皮的时候,
就当自己在睡觉。

生命

他在小路上经过
看见了苹果树上的生命。

生命正在采摘苹果,
就像任何人一样。

它笑得那么大声,
以致四周的鸟儿

都激动地跟着叫唤,
结果什么也听不清。

死神坐在大树底下,
冰冷得像白色大理石。

它双手抓住果篮,
苹果全都掉在地上。

苹果又甜又脆,
个个都很漂亮,

结果死神放下篮子
踮着脚尖离开。

他对死神说

"瞧,"他对死神说,
"篱笆擦干净了,
花园井井有条,
玫瑰也浇了水。"

"进来吧,"他又说,
"饭菜已经摆好,
地板也很干净,
一切都该如你所愿。

"我们每天吃的面包
现在还是热的,
你饿了就吃,
想喝什么就喝什么。

"现在,既然我想说的

都已经说完，
也不用再东猜西想：
那就轮到你为我服务了。"

我活着!

不管你上还是下,
楼梯都岿然不动。
死神想把我碾成粉末,
请便!今天,我还活着。

我还活着,还想
永远快乐地活着。
我还活着,脸贴着
生命的玻璃窗。

面对这个苹果,
我苦涩而又高兴,
这辈子活得幸福,
一切都得到了满足。

无畏者

死神停下脚步
迎面看着他。
可他不慌不忙
继续走向广场。

死神跟着他,
他听见身后
死神脚步响,
但仍不慌不忙。

死神跟累了,
干脆超过他。
他跟着死神走,
心里有点怕。

走到大街口,

死神突然拐弯,
当他赶到时,
死神已无踪影。

死神对他们放话

死神对他们放话:
"我中午要去城堡
取你们仨的脑袋,
快把吊桥放下。"

最胆小的那个
跑到山后躲藏,
结果落入敌手,
被吊死于城堡门前。

最多情的那个
忘了死亡之约去看朋友,
死神等到次日,
抓住了他的双手。

最自豪的那个

坐在吊桥边等待,
等了几天几夜,
却不见死神到来。

死者

他听见死神
就躲在门后;
他听见死神
在与死者说话。

他知道大门
并没有关好,
只有死神
拿着钥匙。

可他喜欢那个死者,
听到她的声音,
他便去开门。
可他没见到死神,

也没看见死者。

他走进黑夜,
门悄悄地
在他身后关上。

04

我将前往高高的麦田

你想让我做什么?

你想让我做什么?
我只做自己能做之事,
难道你能让井底
不再往上冒水?

我知道,现在已到子夜,
而且是在圣卜尼法斯[1],
可你想让我做什么?
教堂的大钟也这样说!

可我总是那么顽固,
等待别人答应我的东西,
我不知何时才能

不花力气——就像冰块
在温暖的房间里融化

——让那只喜鹊歌唱,

它已在我心中筑窝。

---

1 | 指圣卜尼法斯教堂。

失望者

他看见乌云袭来
遮住了整个天空。
他拿起一瓶毒药
　　仰头就喝。

窗外，一只海鸥
慢慢地飞过天空。
他望着它身披霞光
　　消失在远方。

他不哀伤，不后悔，
什么也不想。
海浪死在沙滩上。

记忆中，乌云从天空
抹去了一颗颗星，
抹去寓言和爱情。

坐在阳光下

他坐在阳光下,
不断地用
停满鸽子的新屋顶
和翠雀歌唱的小木笼,

用一棵小小的樱桃树
(它在风中摇不停),
用一朵卑微的小白花
(它银色的花蕊有四个),

用一把小钥匙
(哪怕它已锁不住什么门),
用柱子的圆影,
用落下的树叶,

用剩下的灰尘,

用友好的握手

（他一直坐在阳光下），

把命运重新安排。

词的魔力

于是，房间变成了一口井，
灯，成了一颗被淹没的星。
这棵摇摇晃晃的植物，
谁还认得出原来是一张床。

时间，在床单上流动
恰似时钟的指针，
投掷着波浪形的反光。
墙变得黯然失色。

只听到波浪声
在远处哗啦响，
像一艘船沉入海底。

魔术师惊诧不已：
悄悄说出一个词，
竟能改变世界。

不满者

他有一顶天做的帽子,
和一脸云做的胡子,
风过时圣诗和翅膀
给他编织大衣。
在他周围,
燕子正去朝圣。

宇宙是他的教堂,
时间是他的侍卫。
但在他的心中
有那么多抛锚的破船,
那么多残花和灰烬,
让他不敢相信自己的幸福。

我将前往高高的麦田

我将和来的时候一样,
　　前往高高的麦田,
心中还是那片蓝天,
吹拂我的还是那一阵风。

我将看着阳光
　　在麦穗上移动,
犁铧向昏睡的村庄
伸出大大的耳朵。

我将像以前那样,
听啄木鸟在黑暗中工作。
时间在斜坡上

迈着同样的步伐,
让地球不停地转。
只有我不再动弹。

对这个世界有什么办法?

"唉,对这个世界有什么办法?"
他意乱心慌,自言自语:
"我刚看见,

"山杨的叶子变黄,
出现些许秋意;
刚认识几个朋友,

"尽了那项
不求回报的义务,
那影子就已回来。"

麦田和葡萄园
他拥有二十亩,
他怎能想到

自己不过是一颗麦粒,
要投入永恒这个磨中。

但愿所有的人

所有的人都靠在一起,
我并不反对。他们是
同一批收获的种子,

可一旦被撒到地里,
在夏天里生长挂浆,
他们真的愿意
是同一棵麦子的麦穗?

愿意自己被收割,
装入袋中,送进磨坊,
磨成粉做成同一个面包,
让上帝拿在手中掂量?
可离那天还早着呢!

地球是圆的

    云彩啊,你们匆匆飞越城市上空
  这是去哪?
你们就不能让我的心平静一天?
    为什么要飘得那么远?
    地球是圆的,
你周游世界,

        不就是为了回到原地?

   告诉我
  除了那个埋头干活的男人
你们还想遇到谁?
  他就像苹果里的虫。

   不,我们既不知道
我们为什么要飘游,你们为什么要走,
也不明白你们聚居的这个城市
    为什么要盖那么多楼。

我怎能停止把你歌唱

我怎能停止把你歌唱!
即使在我睡着的时候,
你不也让玫瑰盛开,让月亮
在麦子上舞蹈,让月光颤抖?

我怎能停止希望!
每只鸟儿都告诉我你要到来,
每条路都在橡树下把你等待,
每个人都知道你很善良。

上帝啊,世界是如此美丽,
生活如此阳光,如此甜蜜,
最美好的事,就是活着。
可为了看到你,我虽死无悔!

谁也没有料到

只要有一点碎石
他就能造一棵树,

这棵树十分乐意
让春天的鸟儿筑巢。

风施虐得累了
坐那儿歇上一会儿。

只要开玩笑碰它一下,
天空会变得一片湛蓝。

太阳感到不可思议,
让影子围着它转,

由于这棵树有灵性,
他把它变成了女人,

他不会感到后悔,
因为她的笑容里

有蓝色的风,阳春的天,
还有鸟儿钟情的太阳。

大家都没有料到的是
鸽子停在了她的手上。

他们生活过

她光干不说。
他光说不干。

他们都不幸福,
但也不太悲伤。

他们有许多孩子,
多少都有些聪明。

有的老是说,
却不爱干活。

有的光干活,
就是不说话。

但他们都活过,
活得都挺快乐。

生活该怎样就怎样，
千万不要勉强。

本子

他略微翻开本子,
　　　看见月光
照亮他的钢笔。
他怕打扰它
甚至不敢开灯。

尽管想知道
它悄悄地写什么,
　　　他还是躺下来,
让月亮在黑暗中
独自说个痛快。

　　　第二天,
本子变得碧蓝。
　　　他翻开一看,
有只手画了些奇怪的符号,
符号太怪了,手还在画,
纸却已经重新变白。

山杨叶

他说：山杨叶
如果不再抖颤，
整个城市
便会立即蒙难。

叶子一直在抖，
灾难却仍发生，
甚至光天化日
它也明目张胆。

他总是怜悯
听他说话的穷人，
他们就像银色的山杨
一直不停地颤抖。

因为他们的灾难

比风来得更远,
在他们恍惚的眼中,
风让所有生者抖颤。

樱桃树

樱桃树突然发笑,
　　　不知什么原因,
麻雀听见它笑
　　　也都笑了起来。

笑声传到屋里,
　　　越过树梢,
一直飞到天边。

"人间出了何事?"
　　　上帝不胜惊讶。
他来到天堂
　　　巨大的圆窗旁边。

大家都围着樱桃树
笑个不停,
　　　却不知什么原因。

上帝也只好
　　捂住自己的脸,
免得天使和圣人
见他无端发笑。

人

人遇到了一只鸟,
便问:"你为什么歌唱?"
"如果我知道,"鸟答道,
"我也许就不会再唱。"

人遇到了一头鹿,
便问:"你为什么玩耍?"
"如果我知道,"鹿说,
"我还会再玩吗?"

人遇到了一个孩子,
便问:"为什么这样笑?"
"如果我知道,"孩子说,
"我还会这样笑吗?"

人走开了,若有所思,
他经过一个墓地,阳光下

有棵茁壮的紫杉,
紫杉问:"你为什么沉思?"

如同黑暗中的鸟
和林中空地的鹿,
或天空下微笑的孩子,
他不知如何回答。

同样的太阳

同样的太阳
在同一间屋中;
同样的季节
与燕子一道
绕着墙飞。

同样的葡萄藤
靠着同一堵墙,
胡蜂和蜜蜂
围着果酱
发出同样的嗡嗡声。

只需一点点回忆
啊!——只需一点!
稍微推开房门
就能见我的亡母
在炉边烤火打盹。

海浪

我何时才能什么都不想
只听花园的树荫下
水果落地的声响
和鸽子的低唱?
我们来自何方?
我们是谁?
我们去哪?
啊!什么时候
才能厌倦这些徒劳的问题,
只看着海浪
卷走它的果实,
如获至宝。

好奇

我很好奇你从不怀疑
众神都把你照料,
我很好奇你一上路
他们就给你指出目标。

你对生活充满信心,
幸福而欢欣鼓舞,
你似乎运气不错,
前途一片光明。

你眼前有那么多燕子,
你脚边有那么多星星,
你心中有那么多薄雾,
自己却以为来自天庭。

永恒的人

死神?以后再见他吧!
现在先让我披上围巾。

我是个永恒的人,
心跳着向你走去。

我向你走去,手里
一颗蓝卵石,发中

飘逸着早晨的清香,
我是个永恒的人,

对太阳一无所求,
也不想打扰蜜蜂,

我在麦浪中攀登,
爬上最隐蔽的岩石,

到那里坐下来,
恰好就在永恒的边缘。

天空在等待黎明

人们只要谦逊一点,
一切会不会更加简单?
可谁愿意互相理解,
让眼睛透露内心?
人们总是选择
所有河流都不愿流经的地方。
人们想扭转局势,
却不知水有多深,
于是继续随波逐流,
一路没有斑鸠,
两岸没有薄荷,
忘了激流下面
天空在等待黎明。

心啊,我徒劳地掏空了你

心啊,我徒劳地掏空了你,
如同人们掏空深井,
你为什么一片嘈杂?
幸福可不取决于声音的大小。

天空在井里颤抖,
是不是有谁知道
我为什么还要去井边?
是想看看自己的模样?

一弯腰,我就会目眩!
那里就像是一座森林
奔跑着白色的母鹿,
跳跃着红色的鼬鼠。

心啊,我徒劳地掏空了你,

如同人们掏空深井。
你的黎明有黑夜的颜色,
幸福者总来喝明净的水。

诗人的祈祷

我不会翻土,不会耙地除草,
我吃的面包,麦子是他人所种。
但人间的所有柔情,
　　　上帝啊,皆我播撒。

我不会用坚固的石头砌墙,
也不会安装透明的玻璃。
但世间所有的幸福,
　　　上帝啊,皆我创造。

我不会用泉边的灯芯草编篮,
也不会加工羊毛炼钢铁。
但为保护心灵而编织的一切,
　　　上帝啊,皆出自我手。

我不会演奏流行的旧曲,
甚至记不住一篇祷文,

但净化心灵的所有的歌,
　　　上帝啊,我都唱过。

我的生命和谐地在你脚边流逝,
我曾是谦逊的孩子,如今依然。
一个诚实的孩子能给的东西,
　　　上帝啊,我都能给。

秋雾

他现在成了幽灵,
走近门槛。从前,
一个忧伤的孩子
曾孤独地在那里玩耍,
秋雾袭来,落叶遍地。

现在,他也成了雾,
慈祥地弯着腰,

抱着一个孩子,
孩子只顾玩,对他不理不睬,
他突然明白
昔日的秋天
秋雾为何温柔。

我就像一只羊羔

现在我就像一只羊羔,
在灰色的狼群中奔跑,
现在我就像一只羊羔,
在白色的羊群中蹦跳。

现在我突然长出了羊毛,
身上总带着冬青的刺,
现在我突然长出了羊毛,
远离了荨麻和痛苦。

我在小溪的旁边,
吃了什么仁慈之花?
什么仁慈之花,
狠狠地拽着我的绳?

牧场是多么青翠,

我的铃铛多么响亮,
牧场是多么青翠,
天空和水都向我微笑。

什么事都没有发生

什么事都没有发生。
大地冷漠地看着他
奄奄一息,他的狗
伤心欲绝却无能为力。

预感到阴森的沉寂
将淹没自己的哀号,
另一只狗已经前来
为濒临死亡的人哭泣。

一股强烈的干草味道
在茅屋上方变成梦想,
最后一个僧侣死了,
用双手捂住脸庞。

什么事都没有发生,
另一只狗已经前来。

大海与风

又遇到了风,
又见到了海,
房间像摇篮,
我像是小孩。
大海摇着我,
风也摇着我,
我离开了人世,
也摆脱了时间。
我闭上眼睛,
就像个孩子。
大海哼着小调,
风也哼着小曲
抚慰着这个孩子。

那是女人还是仙女?

那是女人还是仙女?
啊,牛至的味道好浓!
晨雾把她交给了我,
然后笑着沿橡树林逃走……
不,别碰她的肩,
爱人啊,屏住呼吸!
我很难跟得上她,
一脚梦,一脚花,
一直来到那个村庄,
村庄颤动着就像火中的铜!

05

只听见外面在下雨

夜里,有月亮

夜里,有月亮,
白天,有太阳。
我的心中,有月亮,
　　也有太阳。

路上,有树木,
村里,有城堡,
我的心中,有树木,
　　也有城堡。

海上,有船帆,
云后,有星星,
我的心中,有船帆,
　　也有星星。

地上,有天空,

空中,有众神,
　我的心中,有天空,
　　也有众神。

世界是美好的

"世界是美好的，"他微笑着
　　不断重复，
"尽管许多人，丧心病狂
　　在劫掠它。"

"千万不要对他们说
　　我曾怀疑，"
他补充说，"因为事情
　　其实并不糟糕。"

"告诉他们，我是站着死的，
尽管我的心已经衰老，
　　最后会停止跳动。"

"要不断地对他们说：
世界是美好的，尽管有人
　　在花丛中射鸟。"

我为什么歌唱

在我脚下,一切都变成了杂草,
在我指间,一切都变成了沙子,
上帝啊,如果你不给我指路,
你要我走向何方?
如果你不再倾听,
我又为什么歌唱?

毫无知觉的石头

大自然,快吞噬我吧!
让我尽快失去
这双忧伤的手,
和这张不安的脸。

让我痛苦的心
不再打扰你的宁静,
让高高的橡树十字架
在麦田上投下阴影。

让我像一块石头
被抛弃在森林边缘,
一块毫无知觉的石头
被人踢进灰尘。

吃水线

厌烦。

厌烦一切,
厌烦自己。

厌烦爱情
及其举止。

厌烦这些诗,
我的虚荣在诗中
像苍蝇一样嗡嗡,
整个夏天都自以为是。

啊!我又坐在
母亲的腿上,
一个冬夜,
七岁的时候……

大地就是天堂的边缘

上帝啊,在我死的那天,
让黎明的露水更加耀眼,

让鸟儿穿过阴暗的白杨,
更欢快地歌唱阳光,

让晚风轻盈得像天空的笑容,
让面包香甜得赛过蜜糖,

让目光开阔得像无边的沙滩,
让心灵纯洁得像晾在牧场上的衣衫,

让白色的鸽子飞离鸽笼时
嘴里都叼着和平的橄榄枝,

让我周围的人都想起我曾说过:
大地就是天堂的边缘,

上帝啊，是你，在曙光中拨开
抖动的树叶，欢迎我们的到来。

诗人之死

  我又坐在了桌前,
  面对同样的书籍。
外面下着小雨,淅淅沥沥。

  我可知道为什么要写?
  纸张沙沙作响,
如细雨在树叶中流淌。

  我在本子上写上几行,
  宣布一个诗人死亡,
人们刚把他悄悄地埋葬。

  我想起他深深的皱纹,
  看着秋雨下个不停,
有时,他已看破红尘。

我仍然坐在桌前，
　　问自己为何这么悲伤，
为什么要写下这可怜的诗行。

你要知道为什么!

你要知道人为什么活着,
你要知道人为什么会死。
鸟儿为什么要离开窝,
为什么那么多女人哭泣?

正如我每天看到苹果树
给花园带来荫凉,
风每天都与树木嬉戏,
太阳把金光洒在我手上。

我就此忘了时间流逝,
再也弄不清
自己输了还是赢。

在我晚上将坐的长凳上
我占了那么多地方,

以致那个可怜的人

找不到坐的地方。

你就这样几小时地听着雨声

你就这样几小时地听着雨声,
什么都不想。
你倾听雨水在你心中流淌,
就像滴在树上。

你不知道为什么
自己不悲也不喜,
滴答的雨水为什么让你
脸贴着窗心里却空空荡荡。

你就这样几小时地听着雨声,
可你是否肯定
敲打着你的心如扑打杉树的
是雨而不是其他?

他以为抓住了天使

  他抓住了裙摆,
  便以为抓住了天使。
然而,这不过是
两极之间的第一道曙光。

  黄昏时分
  他觉得最为幸福,
却发现掌心
只有一根羽毛。

他相信看见了
黑夜降临屋角。
其实,那不过是
  地毯上的一朵银莲花。

然而,天使出现了,
  一身洁白,

扁平得就像
大笔记本中的一页。

几年来,他在本子上
　　细心记录
他如何抓住天使,
并对此深信不疑。

你要把我带向何方?

你要把我带向何方?
我在此只看见石头
　　和灰尘。

你要把我带向何方?
我看见远方只有灰烬
　　和树根。

对方一言不发,
有时,一只狗
因痛苦和恐惧而狂吠。

你要把我带向何方,
头也不回?对方任其抱怨
只管前行。

解梦的钥匙

他拥有解梦的钥匙。

他清楚地知道
自己不会去开客厅的门
和碗橱的抽屉。

朋友们都很纳闷:
"这把偷偷得到的钥匙,
他到底用来干吗?"

他在斗篷下偷笑,
"它为什么要有用呢?"
他从来不去试它。

他一直满足于想象,
想象着它打开了一个世界,
幸福得让人流泪。

你长大想干什么?

"你长大想干什么?"人们问他。
这对一个小孩来说,真是难答。
他想成为哥伦布,
或者上九天揽月。

今天,他高兴地待在家中,
庆幸自己无所事事,
当人们跟他谈起他曾想远行,
曾想在暴风雨中追月的时代,
他笑得像个顽童。

一个仙女在等他

森林有扇大门,
大门有个黑洞,
洞里有条铁栏,
铁栏挂着铜锁。

无人进此大门,
森林没有围墙,
甚至不见篱笆,
小路寂静阴森。

一天有人敲门。
门在面前打开。
花岗岩的台阶
出现在他脚下。

他走进一个宫殿,
一个仙女在等他,

知道他永远猜不到
为什么这么长时间。

森林有扇大门,
大门有个黑洞,
洞里有条铁栏,
铁栏挂着铜锁。

上天就是我

上天就是我,
否则,它又是什么?
太阳呢?
那也是我,永远是我。
鸟儿呢?蜜蜂呢?
还是我,永远是我。
一切都是我之所爱。
确定无疑,
确定得如同一座
墙里灌满了铅的塔楼。

他觉得赤裸更美

他喜欢不穿衣服。
他觉得赤裸更美,
最后干脆沿着田野
在森林和草地裸体散步,
神情如此天真,
远离所有罪恶,
所有碰到他的人
都信誓旦旦地说
看见他穿得严严实实,
就像巨大的蕨草丛中
一道金色的阳光。

既然世界在他身上

既然世界就在他身上
他就是整个世界。
他就是白天、黑夜、天空
和在空中飞翔的鸽子。

所以,他采摘星星
就像摘园中鲜花,
他双手一推
把船送到远方的海湾。

他甚至从无限的深处
唤来一颗颗彗星,
要它们围着行星
默默地不停旋转,

至少,他自己这样认为。

他很少出门，出去，
只为了在阴暗的山谷
寻找山毛榉的果实。

他做了些什么

他跪着,
对谁下跪这不重要,
他跪着,
完全忘了为何下跪。

他周身都痛,
那天他做了什么?
他周身都痛,
他不明白为什么。

他瞪着疯狂的眼睛
看着手中的刀
沾满鲜血。
他无法解释原因。

他想走出死路

他想走出死路,
可惜门太低矮。

他想登上屋顶,
可惜楼梯太窄。

他想打开窗户,
山毛榉的枝叶

挡住了他的视线,
让他看不清花园。

天空沉沉,
压向低矮的门,

压向窗,压向屋顶。

他不想再做自己

他不想再做自己
而想成为自己的朋友,
他觉得朋友比自己好。

啊,天哪!他做到了。
但他忘了,成为他人,
就是不成为任何人。

而且,谁都愿意
想方设法成为自己,
哪怕灵魂低下,

哪怕害怕上帝。

他对大地说话

他对大地说,
对光芒说话。
大地对他说:
"我不认识你。"

他对大海说话,
对船和星星说话。
大海表情严肃,
屈尊对他一笑。

接着,他又对天空,
对风,对彩虹说话。
天空回答他说:
"你不是这里的人。"

于是,他直接对天使
然后又对上帝说话。

总有一个星期天
他应该会在那里!

他听到了自己的回音,
声音沉闷难听。

只听见外面在下雨

城堡里到处都是灯,
多得像塔楼的雉堞。
公主们目光诧异,
不停地在里面兜圈。

她们拿着金钥匙,
不知打开了什么门,
只听见外面在下雨,
像是阳春三月来临。

影子们孤寂地自语,
国王自己也不知道
其领地是梦还是真。

吊桥是个神秘的地方,
卫兵穿着蓝色服装,
与天空的颜色难以分辨。

她把灯举得高高

她把灯举得高高,
夜幕降临的时候;
她把灯举得高高,
天空一片黑蒙蒙。

她什么也看不见,
只有一团黑影;
再没别的东西,
只有一团黑影。

她离开家里,
出去走了一宵。
灯默默地照亮
他脚下的小道。

小路不断后退,

变得越来越宽，
结果世上无人
敢在夜间走路。

那个小女孩死了

那个小女孩死了,
不愿在无尽的小道
没完没了地走路,
不愿再不停地敲门。

唉,再也听不到
她的小手敲门,
风中,她的敲门声
比晃动的树叶还轻。

她不想再敲门,
而选择了一条
开满野花的小道,
奔天庭而去。

小女孩走累了,
在路边坐下,

没有看见

上帝在麦丛中

突然打开了门。

简朴

他只有一张
雕花的白木桌,
还有一把草做的椅,
可坐一个孩子。
墙上挂着
几张旧画,
一个小小的窗户
透进大片蓝天。
为了开始新的世界。
一颗心,那么大,那么深,
上帝也在它的阴影中。

灵 魂

他久久地洗涤
自己的心灵,
然后来到花园,
把它挂在树间的绳上。

他坐下来,微笑着
看着尚未晾干的灵魂,
像一件新衣
在风中飘动。

突然,他发现
心的旁边有个印记,
于是细心把它洗掉。

可灵魂一挂回去,
印记又马上重现,

就像花一样鲜艳,

一朵心形的红花。

影子

他弄丢了自己的影子,
丢在哪?他已记不清。
那里有太多的马路,
他多半都不熟悉。

天哪!影子该有多轻!
否则,它现在怎能
这样贴地滑行,
让他以为身在外星。

他张开的双手
难道不像是窗户?
朋友们看见
天空突然在那里隐现。

然后,他随心所欲,
变成了刀椅桌凳,

他一直想变成灯,
但每次都犹豫不决。

有灯就会有影,
那还会是自己的影吗?
行色匆匆的白昼暗了,
风在橡树林中呻吟。

不安

他坐在树林边,
他总是坐在那,
坐在温暖的树荫下。
就在他坐的地方,
他感到有人在看他。
是一个人,一棵树,
还是即将下雨的天上
那道长长的乌云?

四周寂静得好怪,
静得能听见松鸦
在染料木后面吱喳,
他不安地转过身体。
突然,一张枯叶
在荆棘丛中落下。
他以为看见一扇门

打开,却不敢接近。

夜幕开始降临。

永恒

他已百岁高龄,
大家都不相信。
他就像个孩子,
又唱又跳又喝。

他用他的双手
慢慢地改变了
世上的每个人,
他们都怕没有明天。

他甚至创造了
人们熟悉的一个神灵,
就像捏个面团,
伟大的神在跟他聊天。

他已百岁高龄,

大家都不相信。
他就像个孩子,
又唱又跳又喝。

看破红尘的人

那可是猎人的号角声?
他已记不清楚。
天哪!几个星期过去,
你依然两手空空。

那可是路易十三的城堡?
他同样不敢肯定。
躲在高墙的后面,
生活是那么省心!

他待在那儿,不知道
天黑之前
自己是否能够回家。

他疲惫地坐在石头上,
感到这里的任何东西
都不值匆匆地来一趟。

大雨

天下起了大雨,
他躲到了树下。
雨水淹到树根,
他转移到门前。

小屋的木门紧闭,
雨却向村里袭来,
水很快会淹到门口,
于是他又爬上窗台。

听到屋里有人说话,
他便敲门进去,
屋里的桌椅碗橱
都被雨水浸泡。

"请坐!"一个声音说,
"排队等待吧,

你已死了三天。
天是雨是晴
已与你无关。"

浴女

金色的海浪
像空空的贝壳,
北风把浪中的浴女
刮上了天空。

天上比天使还美。
一切都在预料之中,
所以八月初的这场飞行
并没有什么奇怪。

大家看到她在天上
撒着金黄的面包屑
在喂海鸥,并推开云雾

在天空翱翔着下降,
慢慢回到水面,
神情十分自然。

心

他确有使徒之心,
很想让众人看清。

他取出这颗心来,
绑在洋槐树上。

众人笑着不睬,
全都视而不见。

他又另选树木,
一棵高大松树。

几个月过去,人们途经,
但都没有看见这颗心。

他把心放在路边,
放在冰冷的街头。

人们熟视无睹,
踩着它前行。

它一旦被放在显供台上,
人们就纷纷前来瞻仰。

神

人们把神从庙中赶走,
又打烂了神像,
能证明神来过的地方
所有的灯都被熄灭。

可人们看见神在树上,
听见它在鸟群中说话,
甚至在大理石上面
都发现它长长的脚印。

人们迁怒于森林,
因为风中有它的声音,
又砸了所有的十字架,
甚至还射杀了戴菊莺。

人们以为它终于死去,

却不料它重又出现，
如一个老农，一大早
便在晨光中播撒麦种。

鸟

他抓住那只鸟,
砍掉它的翅膀。
鸟却飞得更高。

他再次抓住它,
砍掉了它的脚。
鸟像小船一样滑行。

他砍掉它的喙,
鸟像竖琴一样
用心来歌唱。

他怒而砍掉它的脖子。
但鸟的每滴血
都化作一只更漂亮的鸟。

门

人们在矮墙正中
——谁也不知为什么——
竖起了一扇门,
勉强遮住一塘死水。

有时你去敲门,
——谁也不知为什么——
似乎有人回答,
但远得让人生疑。

甚至有人点灯,
——谁也不知为什么——
像是一团鬼火,
转眼之间便灭。

也曾有人进去,
——谁也不知为什么——

但随即马上出来，
一脸惊慌的样子。

一天，有人砸了门，
——谁也不知为什么——
填掉了那口水塘，
没人再把它提起。

海

由于老是盯着大海,
他最后已看不到海,
只看到,看到自己,
像是在照镜子。

于是,从凌晨到晚上,
他身上都是码头、
轮船、海浪和灯光,
不知不觉成了港口。

帆船驶入他的眼睛,
海燕飞入他宽广的心,
美人鱼在他的声音里

忧伤了那么久,
有时他都忘了
自己是天空还是海。

圣安东尼的诱惑[1]

一个碗在桌上打碎,
一颗钉从墙上掉落,
又是一个绝招!
然后有人重新讲起
老鼠掉进盛宴的寓言。

这时桌子开始移动,
不慌不忙的样子,
椅子也很快跟着
发出阵阵尖叫,
桌子跳着下了楼梯。

"啊!这太过分了!"
圣安东尼非常恼怒。
由于横蛮的牧羊女

也上了楼层,
他不得不开灯
重新开始祈祷。

---

1 |.《圣安东尼的诱惑》是荷兰画家耶罗尼米斯·博斯(约1450～1516)的一幅油画,画中描绘了圣安东尼跪倒在礼拜堂前被众魔鬼和撒旦纠缠的情景。

奇怪的镜子

一面普通的镜子
　　　像门一样打开。
他走入镜中,
　　　似见落叶缤纷。

前面有个城堡,
　　　没有任何窗户。
他转了一圈,
　　　不料迷了道路。

他看到一面镜子
　　　挡住前面的一切,
却倒映着自家的屋顶。
　　　真是不可思议!

在奥尔良[1]门前

有颗心在敲门,
在敲奥尔良门。
它被风刮昏了头
还是被枯叶蒙住了眼?

"这么破碎的一颗心,
不许进。"门卫说。
他举起手中的戟
把心刺了一个洞。

心流了很多血,
血汇成了一条河,
河敲响了城堡的门,
王后在城堡里奄奄一息。

"我认识这血,"她说,
"那是我情人的血。"

血听到以后,一边哭,
一边流到她身边。

"血啊,美丽的血,
回到池塘那里等我。
我听到了国王的脚步
后面跟着他的侍卫。"

自那以后,河水
在夕阳下,在城堡边,
在奥尔良门前,
变得血一般红。

---

1 | 疑指法国奥尔良王朝君主路易·菲利普。

那天你在干什么?

割草的人在堆草垛时,
　　　你在干什么?
女佣满怀爱心地烤面包时,
你又在干些什么?

啊!你总是那么不慌不忙!
只会在别人不听的时候唱歌,
　　　你像野花像被追的椋鸟
选择了最糟的道路!

今晚,山中的树在你窗前摇曳。
你的灯独自在布拉班特船首闪亮。
黑夜的舷窗外,新的一天即将开始。
　　　它还会让你像以前一样受穷?

06

我可以给你黑夜

作家

"我比你知道得更加清楚,"
　　他说,"生命是个悲剧,
　　我所写的一切,
并不比蚂蚁的工作
　　更对、更有用。
我知道,我的快乐
　　没有理由,
但布满荆棘的宇宙
如果不用光芒把我照耀
　　我将一事无成。"

黑蜘蛛

最糟的,不是饥饿,
哪怕你饿得眼冒金星;
最糟的,也不是寒冷,
哪怕你冻得十指僵硬;
最糟的,是身体错乱,
思想
像挂钟一样摇摆;
是心中
被可怕的黑蜘蛛网住,
怎么也跑不掉。

你回来时会厌倦一切

你回来时会厌倦一切,
桌上光泽诱人的面包
你再也吃不出味道。
明天,你的歌声会走调,
因为你不得不唱。
听到鸟儿的歌声那么响亮,
你会忍不住悲泣。

悲惨的日子正当头

悲惨的日子正当头,
你得求饶。
躲避或楚心积累地弄乱脚印
都是徒劳。
看不见的猎狗
已经把你包围。

又是平凡的一天

又是平凡的一天,
毫无惊喜之处。
可它也许是你的末日,
你剩下的最后一天。
那平静的一天终会到来,
它平常得就像每一天,
似乎比永远不死的棕榈
还要平静百倍。

时间不等人

要么进要么出,
时间不等人。
我们进出的
都是同一扇门。

血与泪
现在是它
——小心以此为傲的人!
惟一的魅力。

乌鸦呱呱地叫,
牧草已被割掉,
车辙早已厌倦。

上帝
从不在同一地点
涉水过河。

我可以给你黑夜

我可以给你黑夜,
可你用它来做什么?
你睡觉时捂着眼睛。

我可以给你白天,
可我为什么要给你?
你在路上瞎跑。

我可以给你平原,
可你会不会花力气
去了解它的秘密?

我可以给你蓝天
以及天上的鸟儿。
可只会啃骨头的人

绝不能让他吃盐。

生活并非灰色

永恒?笑死我了!
谁会在煎锅里
　　　放一股浓烟?

无限?谁会在
长满杂草的城堡里
　　　浪费生命?

跟你谈论命运
不如站在窗前
　　　吃黄油面包,

窗户大开,窗外就是花园。
生活并非灰色,而是绿的,
而且……它对命运一无所知。

这有什么关系?

上帝啊,多一点少一点,
这有什么关系!
我们将一无所有,
只剩下这些收据,

而且写得很草!
死神到时候会来,
用它褪色的墨水
在收据上签上名字。

没想到,为了拥有
这些可笑的纸张,
我们得把魔鬼

从洞中赶出。
啊!往事
一定会嘲笑我们!

得到与享受是两回事

你在思考?……别人早已想过,
你在受苦?……别人早已受过。
你写作,宇宙会因此
而少几颗星星?

你跟鼻涕虫无异。
不知自己生来何用,
你也想在经过之处
留下一条美丽的银线。

好了,可爱的云彩贩子,
别再担心:
得到与享受是两回事。

你无非是在沙子上建屋,
但你的屋子是个寓言,
只见它在天边欢笑。

幸福地活着

树木不会问自己
在森林边干吗。

太阳不会戴着表
看着时间起床。

池塘从没见月亮
在夜里数着钱财。

天空,它不思想,
而只让星星歌唱。

风一点不在乎
自己是热是凉。

那么,人啊,你为什么思想!
幸福地活着,难道这还不够?

谁能不怀疑一切!

很可能,耶稣已经死了。
嘴里这么说,心里却不信,
可谁没有看到
他的身体被钉在十字架上?

看到他天下为王,
创造人类历史,
谁不想像他那样
风光地当个上帝?

天堂必须改造!
周围的人都这么喊叫。
看到墓地上有那么多人
跪在十字架前祈祷,
谁能不怀疑一切?

虚 无

  我遇到了空间,
  惊讶地看见
    一个老头
把全世界抱在胸前。

后来,我又遇到了无限,
  它忧心忡忡
  把脸深埋在床上。

  接着,我又跟随时间。
它边笑边走边玩,
就像孩子那样。

  绝对
    只是一条小狗
在自己的角落里转圈。

然而,最奇怪的
是虚无。它立即就把
人们喜欢的东西
全都揽在眼前。

别问我多大岁数

别问我多大岁数,
我早已没有年龄。
我就像一本图画书
这里的人不会再看。

我喜欢看云飞云舞,
似乎做得有些过分,
我失去了旅行的兴趣,
生活的艺术,就是赤诚。

有的日子,我怀疑
自己天天走的路
是否真的存在。

于是我小心前行,
好像黑夜里每走一步
都可能无声地掉入深井。

有的日子

有的日子,我忘了
自己是人还是迷路的狗;

有的日子,我追逐蓝天
敏捷得自己都不敢相信;

有的日子,我不停地播撒词语,
它们淳朴得变成了鸟儿;

有的日子,我的心不再设防,
因为它知道为什么

一切都显得那么善良和明亮,
简单得如在桌上或土中画圆;

有的日子,我真的随心所欲,
好像自己是在过节。

为什么要乞求怜悯

为什么要乞求怜悯?
时光的焦黄肉排,
我想吃个痛快,
骨头都不吐一根。

精灵、巫师、狼人,
如有魔鬼要把我带走,
那就让他来敲门吧!
我愿跟他去任何地方,

这充满热情的身躯
将跟随着他,只要求
能从容地抓牢天空,
假如这有可能。

让别人去呻吟……

"所以,让别人去呻吟,
让别人去乞怜或受骗上当。
如果我是蓝的,"风信子说,
"那是因为上帝愿意这样。"

"世上的一切光芒
都在孩子脸上闪耀。
他夹着面包
正在小路上攀爬。

你知道,西班牙国王
尽管有金墓大理石墓
但他们还不如
在树下玩耍的老鼠。"

不,我不知道……

不,我不知道我竟能进入
 观光屋,
跟随云彩,变成翠鸟。

不,我不知道有朝一日
 人们能看见我的脸
在耕地中闪亮,就像铁犁。

也不知道,在这瀑布飞泻
 黑乎乎的山谷,
还能听到洗衣妇欢笑。

陷阱

做个面包需那么多的麦子,
要有那么多词汇才能一言不发!
被如此多的东西捆住手脚,
我们只能自嘲地对之一笑。

然而,有那么多路要走,
有那么多山要翻!
我们留下了那么多忧伤,
总有一天,必须忍受。

"快,"未来喊道,
"扔掉你所有的回忆,
看!死亡已在远处
悄悄地设下陷阱。"

我生来是为了……

桦树啊,不是我
折断你的枝干。

太阳啊,也不是我
让你在草上滴血。

人类啊,更不是我
拆开了相爱的恋人。

我生来是为了开门,
为了怜悯动物,

为了让世界上
能够团聚的人团聚,

让世上的所有星星
都和我一起跳舞。

为了告诉众人,善良
就像停满鸽子的屋顶,

以创造一个(如有必要)
从未惩罚过人类的上帝。

让时间来咬我吧

让时间来咬我吧,
谁都无法制止。
它同样也咬国王,
咬王后咬大臣。
抱怨毫无用处!

所以,我不抱怨,
我沿着金色的麦田,
指间夹着花朵,
走得虽然比别人慢,
得到的快乐却比他们多。

我喜欢牛奶和黄油,
喜欢香喷喷的面包,
天边的晚霞
在我的屋子四周
画了一个漂亮的圆。

灰尘蒙住了我的窗,
这有什么关系!
世上还有什么地方
比你幸福生活的这个角落
更令人向往?

心已关闭

穷人这么多,
同情心已死。
然而,一丘麦田
就有那么多鲜花!

呐喊又有何用?
不幸的饥饿者
每天
都会增加几个。

你问我怎么办。
心已关闭,
那些人的爱心
已被包上了铁。

如果上帝同意

卖掉他的祭坛,
你伸臂祈天
又有什么用处?

我不认识的朋友

你不读报纸,
也不用谎言这砖头
来改造旧的世界,
你什么都不知道,
只知道在黑暗中干活。

为了快乐地在阳光下散心,
喜悦地在森林里抚摸绿叶,
开心地数着自己的脚印,
你这才出去散步。

吃黄油面包,
喝山涧泉水,
你心满意足;
刚采摘的草莓,
让你赞不绝口。

晚上,在油灯下,
你平静而温柔的手
没有感到别的颤抖,
只觉得太阳穴轻跳,
你在作惊人的旅行。

我不认识的朋友,
还等什么!快来找我。

老了也挺好

老了也挺好,像苹果
在缓慢摇晃的枝头悄然成熟,
从花花蕾变成饱满的果实,
从幼童变成大人。
随着黑夜来临,世界
在我们脚下不断扩大。

篱笆

　　是的，我知道，
时间会让沙漏累死，
我的心，永远永远
也不能把时间倒转。

　　我知道，想哭时
就应该放声大笑，
桌子一收拾干净
就应该起身走人。

　　可我希望，
上帝啊，但愿有一天，就一天，
能回到布满星光的篱笆边，
我曾在那里欢笑。

他只想走路

他只想走路,
脚却被人绑住。

他只想干活,
胳膊却被扭断。

他只想说话,
嘴却被人封住。

他只想哭泣,
眼睛却被灼伤。

他只想得到爱情,
别人却夺走他的一切。

当他走向十字架,
连耶稣也不理他。

天真汉

他尚无涉世经验。
不读书也不说话,
以为偏僻的荒野
只有亚麻开花;
以为老鼠活着
只为了让猫取乐;
地球之所以转动,
他说,是因为一切正常。
一点点事,他就喊就笑。
在他看来,上帝
只是个破玩具,
晚上害怕或烦恼之时,
才拿出来玩玩。

一个幸福的人

每个周日的早晨,
他都切一片蓝天。
他用鸟儿的歌声
平息自己的渴望。
他在露水中淋浴,
在桦树林中歇脚,
心中如有烦恼,
只与花草诉说。

但他并非怪人,
总是心平气和。
别人抽烟他也抽,
别人讨论他开口,
该说的话他才说,
别人不问他不答。

他们随时会走

"那就找吧,"他们说,
"你们最后肯定能找到。"
他们一找到线索
就怎么也平静不下来。

"那就爱吧,"她们说,
"你们最后会青春焕发。"
她们一找到翼端
就什么也拉不住她们。

时光徒劳发愁,
他们随时会走,
跟着鸟儿,翻山越岭,

想去哪儿就去哪儿,
狂热的目光盯着眼前,
脚上的靴子厚达半尺。

这有什么关系

一天,他丢了影子。
这有什么关系?

另一天,他丢了自己的头,
但仍能在路上行走。

也许有点摇晃,
但还能认出他来。

后来他丢了自己的心,
在远离家门的地方。

唉,没有灯,没有扶手,
这可怜的人怎能行走?

独在世上

于是,他转身面墙,
慢慢地从一数到百,
朋友们一个个离去,
消失在周围的矮林。

谁也不明白
出了什么事。
当他转过身来,
矮林已经不在,

墙没了,朋友也不见了,
他孤零零地留在世上。
人们曾许诺

给他快乐与光明,
所以他相信
他能够永恒。

如果你比我先见上帝

如果你比我先见上帝,
告诉他我已感到年老。

我家的方砖地板
到处都是鸟的影子。

细雨敲打屋顶,
轻得我听不见。

火炉已经不暖,
再烧也是徒劳。

由于天天抱怨,
床已经不欢迎我。

冬天来了也不见得更好,
门前的石板

会更加松动,
我的果园将一片悲哀。

如果你比我先见上帝,
告诉他我马上就来。

什么都没变

　　你看,万物都恢复了
你妹妹眼中昔日的颜色。

　　房间里的橱柜桌椅
只留下友谊和温情的痕迹,

　　为了跟你低声说话,
寂静又找到了敲钟的声音,

　　椅子以为自己仍在林中,
鲜花簇拥,可谁也没看见。

　　一切都没变。白天说早安,
晚上说再见。手中的面包

　　香气扑鼻,茶托上

鸟儿展翅。咖啡还冒着热气。

　　幸福就在身边,
伸手就可抓住。

生活是奇特的

我知道,生活是奇特的,
——人们已重复多遍!——
并不是所有的树枝
都能挂上甜蜜的果实。

今天,天空很蓝,
但须作最坏的打算,
风暴并不遥远,只有上帝
才有未来的钥匙。

尽管我们猜想
他总带着钥匙,
我们却拿不准
他是否会替我们开门。

地球及其星辰

不过是在转圈。
可我们不是星星,
而是母狼和绵羊。

在死者当中

失去生活的乐趣,
赚钱又有何用?
今天,只有穷人
才能享受轻风。

赢得宝贵的时间
又有什么用处,
如果这来之不易的时间
只用于更紧张的忙碌?

谁首先到达山脚
采摘墓前的雏菊,
这不重要! 墓地
广阔而富饶,

我坐在死者当中。

同样的盒子,
他们每人一个,
深埋在同样的土里。

有什么用?

想复制看不见的东西?
　　　好啊,可怎么移印?
你一瞄准魔鬼这个目标,
　　　它就无踪无影。

是否还有什么东西
　　　人们能够明白?
玫瑰是不是一定要有
　　　扎人的刺?

你用彩笔在纸上画的
　　　吸血鬼,
如果没有灵魂,
　　　那又有什么用?

我,只能是我

我,只能是我,
  不可能成为他人。
你可见过芝麻
  变成麦粒?

我不会唱别的歌
  除了自己的保留节目。
斑鸠没有大胆的麻雀
  那么高的调子。

除了简单的事实,
  我什么都不能告诉你,
我非宗教使徒,
  只是一个普通百姓。

我是否比别人更加幸福?

我不知道。
可是，我的东西就是你的，
　　你尽管要。

总要从别人那里偷点什么

总要从别人那里偷点什么,
这里偷只狗,那里偷只鸡,
如果你真这么贫穷潦倒,
那该去向国王乞讨。

你雕刻图像的木头太白,
白得卖不出价钱。
现在讲究实用,要的是黄杨,
你的作品,人们看不上眼。

别再向我们夸耀
你的天牛、灰雀和树木!
你画的太阳,被人嘲笑,
你所用的金色也被乱涂。

至于你的心,去它的吧!

你以为我们那么天真,
只有谈论和平和幸福
才能把我们吸引?

活着并不总那么有趣

你白白地拥有高跷,
因为你从来走不快。
你到处狩猎和追捕,
最后轮到自己被抓。

时间永远不会消失,
它用尖叉刺你的腰,
你刚刚梦想明天,
明天就成了昨天。

啊!活着并不总那么有趣!
多米诺骨牌有作弊之嫌,
偶像的中心空空如也。

到处都一样,
骨子里同样寒冷,
死亡破坏了一切。

生活是件平常事

别听哲学家的,
　　　他们夸夸其谈。
米缸里的一粒米
也比口袋里的书有用。

别读那么多小说,
　　　只有一个主人公
能让你激动,
那就是你,其他一切皆空。

你希望世上有多快乐
　　　自己就能多快乐?
别期望太高。
生活是件平常事。

龙沙[1]曾劝埃莱娜:

"别等到天明。"
及时行乐吧,趁你还活着,
死了就再也说不了话。

---

1 | 龙沙,十六世纪法国著名诗人,著有《致埃莱娜的十四行诗》等。

07

幸福像只听话的狗

自从你去世的那天起

自你去世的那天起,
我们就没有分开过。
母亲啊,谁会怀疑我怀着你,
就像你曾怀过我?

为了找你,我让自己衰老,
我老一天,你就年轻一天,
如果我是你最初的痛苦,
你将是我最后的哀伤。

当我学会久久地受苦,
默默无言,像你一样,
你苍白的微笑
就已浮现在我的脸上,

因为我们成了同龄人。

傍 晚

傍晚,你有时跟我谈起死亡,
好像你已半截入土,
心已经飞离生命,虽然
你曾是它顺从的奴仆。

你平静地对我说,
屋子不要卖,
院里的老栗树
也不要砍掉。
给鸟儿喂些面包,
冬天一到,
它们便会来花园觅食。
你双手一松,
抛开了
日常生活中的琐事。

而你的声音将像一条小河,

顺坡流淌,不事张扬,
但它不知不觉让薄荷开花,
让草地的坑洼倒映着蓝天。

幸福像只听话的狗

雾蒙住了镜,雪遮住了鸟,
寒冷冻坏了窗,全是徒劳!
你在那儿,世界就像乡村庆典
在丁香丛中设立的一个祭坛。

你在那儿,平静地坐在炉边,
炉火变小,在你眼中闪耀,
幸福像只听话的狗,
你一喊,它就来轻轻地舔你的手。

你在那儿,在我身旁,生命的活力
如此平静而热情地倾注到我身上,
我听到它在我脑海中嗡嗡作响,
就像石底下奔流的一条的小溪。

我的心是块黏土

有一天,你用双手
捧着我幸福的心,
它不过是一块颤抖的黏土。
你把它做成一个美丽的花瓶,
里面插什么,什么就会歌唱。

线

我们的目光相连。

你拿起精美的剪刀
却没能分开
你我之间的目光。

你对我说:
　　"我要剪断
我们的视线。"

剪刀"咔嚓"一声……

我马上就感到
沉重的眼皮里,
有只鸟在心跳,
它刚刚受了伤。

如果我是海鸥

如果我是海鸥
天知道你会怎么想。
有时,蓝天就在头顶,
可我没有翅膀。

白色的羽毛,红色的爪,
啊,你一定会感到满意!
漫长的星期天,我会飞来
在你的膝盖上歇息。

我会用喙撩你生气,
你却温柔地抚摸我的脖子,
你以为正与爱情游戏,
却不知它何时变成了疯鸟。

你嗓子一提
如海风刮起。

路过的海鸥
像野鸭一样大叫。

我们将待在窗边,
两个人怎么只有一颗心?
夜晚也许把我们当成
来自别处的鸟儿。

温暖的雨轻轻地落在屋顶

温暖的雨轻轻地落在屋顶,
听!嘀嘀嗒嗒,响成一片,
正如轻轻落在我们身上的爱情
在我们心中,不断地默默回响。

到吃点心的时候了。蛋糕
在白色的桌布上金黄。
我吻着你刚切过面包的手,
它们还散发着扑鼻的浓香。

我想弯腰抱住你的膝盖,
想说幸福这么快就已来临。
你却温柔地搂着我的脖颈,
用齿印在我爱吃的水果上做出记号。

上帝，没必要瞒你

没必要瞒你，上帝。我爱她
胜过爱你。我全身心地爱她。
在我的诗中，耀眼的不是你，
而是她平易的笑和温柔的举止。

为什么要瞒你？如果你把她带走，
我一天都不想再活。
如果失去了这笑声，这跳动的心，
上你的天国，又有什么意义？

如果我们新生时不能依偎着
生活在现在这样的白屋里，
不能像在人间那样一同生活，
你的荣耀和光芒又有何用？

你是我的快乐

你是我面包中的香味,
你是我一周中的假日,
你是我掌心中可辨的
命运之线,
你是我的快乐我的痛苦,
你是我的歌,我的肤色,
你是我温暖的血管中
让我的心跳动的血。

踏上你的路

踏上你的路,这是解脱,
你好像把昔日的钟
藏在你的山谷,它轻轻敲响,
唤我从童年深处向你走去。

这是歌唱的森林,欢笑的草地,
是我爬过无数次的沟壑,
在你的斜坡上,我突然找到
以为丢失的甜蜜回忆。

在你的天地间我变得广阔无边,
缓慢成熟的麦子掀起巨浪
让高高的杨树林难以承受,
只听见你的树枝在我耳边摇晃。

你的手变得那么宽大

你的手变得那么宽大,
母亲啊,在这神奇的空间,
你可以抓住一切,
那里充满了我的回忆。

  现在,我看见了
人世间事物的反面:
一切都有反光,包括黑影,
我终于看到了
我自以为看到过的鸽子。

悲伤

他摆好桌子,
却觉得不饿了;
他倒满了水,
却觉得不渴了。

他拿起面包,
正要咬的时候,
突然想起
亡母的双手。

他举起酒杯,
正要喝的时候,
突然看见
亡母穿着黑裙。

他打开门,夜色里

窗外出现一道金光。
山毛榉后面,天空
似乎有些慌张。

享受生活吧!

笑啊唱啊跳啊,
人们以为幸福,
这是谋杀时间,
无疑是在玩火。

时间走啊走啊,
两千多年过去。
人们都在作弊,
昧着良心抱怨。

唉,风只吹来
亡灵的叫喊声!
啊,享受生活吧,
趁现在还不迟!

当诗人

梦想当诗人的人,
上帝让他脸色平静,
做事耐心谨慎。
他老是忧国忧民,
独立思考,举止谦逊,
甚至懂得动物的心思,
他的心很宽,很年轻。
正如在幽深的洞穴,
所有的痛苦都有回音。

在时间的窗口

我在时间的窗口
眺望这个世界,
看见孩童的我
独自在树荫下玩。

我在深深的草丛
笑着在做什么?
一群群鸽子
飞过时间的窗前。

我看见自己
好像在说梦话,
我在时间的窗口,
像支白色的玫瑰
伸向灰色的天空。

微风

枯叶看见蝴蝶
在草丛中飞舞,
便说:
"那是些枯叶。"

蝴蝶看见枯叶
飘在门前庭院,
便说:
"那是些蝴蝶。"

只有微风在笑,
它把枯叶和蝴蝶
都赶到了海边。

猫与太阳

猫睁开眼睛,
阳光进来了。
猫闭上眼睛,
阳光还不走。

这就是为什么
猫晚上醒来时,
我能在黑暗中
看见两个太阳。

小女孩与诗人

"诗,究竟是什么?"
一个小女孩问我。
"是捋着长辫的雨,
是击打窗棂的天空,
是田边孤单的苹果树,
如被风吹得鼓起的竹笼,
是白色冰冷的月亮
忧伤而疲惫的脸,
是气味、叫喊还是钥匙?"

是太阳的游戏,
还是黑影的计谋?
我不知如何回答。
假如诗有翅膀,
能在田野奔跑,
我又怎能知道得比她更多?

母亲啊,天在下雨

母亲啊,天在下雨,
轻轻地,轻轻地,
秋天了。但愿
这就是多年前的雨,
这就是多年前的秋。

天在下雨,有多少颗心,
就像好多年前一样,
在看着细雨绵绵,
有多少双小木屐
在壁炉边梦想。

母亲啊,夜晚降临,
我仍看见你的膝盖
靠在炉火边上,但愿
这就是多年前的夜晚,
这就是多年前的膝盖。

母亲啊,天在下雨,
轻轻地,秋天到了,
母亲啊,夜幕降临,
你的膝盖仍在那儿。

今晚,让我坐在你的膝上,
就像好多年前那样,
然后,给我讲讲
睡美人的故事。

捕鸟人

捕鸟人落入陷阱,
鸟在雪地里
不停地叫唤,
祈祷他重获自由。

得到解脱之后,
捕鸟人捕了鸟儿,
他又唱又跳,
在雪地里把它杀了。

金子

他送她一条金链,
但她还要
金裙子,金大衣,
金鞋袜,金手套,
餐具、地毯、钥匙,
统统都要金的,
甚至挂衣服的绳子
也必须镶有金丝。
可她的心也变成了金的,
对什么都没了感觉,
甚至对金子。

那又如何?

由于爱,雕像露出了笑容。
可谁也没有发现。
那又如何!这就是生命,
　　　　不管它是不是雕像。

房屋虽用石头建造,
可最后还是倒了。
那又如何!这就是材料,
　　　　不管它是不是屋子。

我可以在石头上雕像上
用阳光来写作。
那又如何!这是我的方式,
　　　　不管我是不是诗人。

夜晚总是来得太快

夜晚总是来得太快:
刚用手抓住阳光,
就像抓住一朵雏菊,
就看见蜜蜂开始归巢。

啊,多少人大声说再见!
时间高傲地保持公正。
我回想起,我们的沉默
比清晰的语言还要清晰;

回想起,月亮白得惊人。
当神突然发现自己
读懂了我们的心,
他的脸色就是那样苍白。

卡雷姆生平与作品年表

1899年	5月12日,莫里斯·卡雷姆生于比利时瓦夫尔。
1905年	在家乡上小学,家乡以后将成为诗人最重要的创作灵感。
1911年	上中学。
1914年	首次写诗,献给童年的女友。上蒂尔勒蒙师范学院,法文教师发现了他的创造才华,鼓励他写下去,并指导他读法国现代诗人的作品。
1916年	写《大学生之歌》。
1918年	开始当小学教师。
1919年	创办《我们的年轻人》。
1921年	诗作《水塘》被谱曲。
1924年	结婚。
1925年	出版第一部诗集《跳鹅游戏的63幅插图》。
1926年	受未来主义影响,出版《资产者旅馆》。
1927年	《资产者旅店》获凡尔哈伦奖。
1928年	出版《一个捧场者的牺牲》,并在阿姆斯特丹的奥林匹克竞赛中获奖。
1929年	上音乐学院朗读班进修。
1930年	发现儿童诗,语气恢复简单明了的风格。开始写《母亲》。出版《致卡普琳娜的歌》,并在布鲁塞尔

	获蒂尔斯奖。
1931年	与朋友共同创办《诗人日报》。
1932年	出版《螺旋桨的反光》。
1933年	出版论文集《孩子们的诗》。
	获音乐学院朗诵奖一等奖。
	建"白屋"。
1934年	诗集《花的王国》在巴黎获"青春"文学奖。
1935年	诗集《母亲》出版。
1937年	诗集《小花神》在巴黎获爱伦·坡奖。
	赴美国、墨西哥和古巴旅游。
	写《看不见的女过客》《白屋》《女人》。
1938年	《母亲》获季度奖。创作剧本《朗斯洛》。
1939年	《朗斯洛》被谱曲。
1943年	开始专业从事创作。
1947年	母亲去世,对其影响巨大。
	诗集《神奇的灯》获巨大成功,被译成许多外文。
1948年	《致卡谱琳娜的歌》获维克多·罗塞奖。
1949年	《白屋》在巴黎获法兰西学院大奖。
1951年	诗集《沉默的声音》在巴黎获诗歌民众主义艺术奖。
1953年	诗作被选入英国中学生读本。
	在英国中学演讲诗艺。
1954年	诗集《逝水》在巴黎获卡德维尔奖。
1956年	获意大利锡耶纳城市金质奖章。

1957年	诗集《仁慈的时刻》获法国宗教诗歌奖和比利时费里克斯·德奈耶奖。
1958年	诗集《风筝》被译成俄文,发行50万册。
1960年	诗集《牧人之笛》出版。
1961年	获法兰西共和国总统大奖。
1963年	诗集《布鲁日》出版。
1964年	小说《头上的洞》出版。
1965年	出版诗集《布拉邦省》,获布拉邦奖。拍摄关于他的电影《和平诗人》。
1966年	出版诗集《北海》。
1967年	翻译《比利时荷兰语诗选》,在布鲁塞尔获得荷兰语翻译奖。
1968年	以其全部诗作在巴黎获国际诗歌大奖。
1969年	比利时广播电台制作有关他的节目。拍摄关于他的电影。
1970年	出版《两个世界之间》。
1972年	在巴黎被选为"诗王"。
1975年	莫里斯·卡雷姆纪念馆在布鲁塞尔成立。
1976年	获意大利欧洲奖。出版小说《梅杜阿》。
1978年	在布鲁塞尔去世。
1979年	遗作《在上帝的手中》出版。
1981年	"卡雷姆之友"协会成立。

译后记

比利时法语诗人莫里斯·卡雷姆（Maurice Carême，1899—1978）在中国知名度不是太高，但这丝毫不影响这样的事实：他的诗已被译成世界上数十种文字，甚至包括越南语、罗马尼亚语这样的小语种；在许多国家，他的诗都大受欢迎，比如诗集《风筝》在俄罗斯就销售了50万册。在英国，他的诗是中小学生的必读教材，更不用说在法国了，法国人已把他看作是自己的诗人，甚至把崇高的"诗王"称号授予了他。

我接触卡雷姆的诗是在1995年。一天，突然接到来自比利时的一个包裹，打开一看，是一本印刷精美的图书，一位叫做莫里斯·卡雷姆的比利时诗人的诗选。翻读了几页，我就被深深地吸引住了，当时就产生了翻译的念头。

诗集是比利时著名诗人、比利时皇家学院院士乌黛丝选编的，也是她让卡雷姆纪念馆的馆长比尔尼女士给我寄的,因为她认为我应该认识比利时人引以为荣的这位大诗人。一个当代诗人竟拥有纪念馆,这足以让人羡慕。再一细看,邮件右上角贴的邮票,上面印的不正是这位诗人吗?卡雷姆能上邮票,可见他在比利时的地位。后来,当我到了比利时,我才知道,在布鲁塞尔,还有以卡雷姆命名的街道、学校和公园……

读卡雷姆的诗是愉快的,也是轻松的,因为他的诗浅易明了,不用费心地猜,去查考。他绝不卖弄,而是像朋友那样以诗歌的方式跟你聊天,或告诉你一点什么。他讲的道理,有的你早已明白,读了以后,发出会心的一笑;有的你也许还有些朦胧,经他一点拨,你恍然大悟。他在诗中所写的场景,所讲的故事,大多是生活中常见的,让你觉得熟悉而亲切。事实上,卡雷姆是个大众诗人,他的诗面对广大读者,而不局限于少数"精英"。他观察的是普通人,写的是身边事,揭示的是生活中的哲理。对他来说,一切皆可入诗,而且皆"需"

入诗，因为他是以诗来观察、思考和表达的，生活中的一切在他眼里都成了诗。所以，他的诗不仅数量惊人，而且内容丰富，题材广泛，几乎无所不包，可以说，诗已成为他的呼吸，成为他惟一的语言，成为他与世界、与自然、与他人沟通的惟一方式。

作为一个大众诗人，卡雷姆的诗不仅在内容上贴近读者，在形式上也平易近人，语言结构简单，用词用句明了。但一个诗人，不可能不玩点"文字游戏"，但他玩文字游戏的目的，是为了让诗更生动、更有趣，而不是把诗弄得扑朔迷离，晦涩难懂。他的诗简短明快，节奏感强，朗朗上口，十分富有音乐性，所以他才会有那么多诗被谱上曲，广泛流传；所以才有那么多小读者用他的诗来学语言，来体会和感受法语的韵律美。值得一提的是，卡雷姆是中国古诗的超级爱好者，并从中汲取了不少营养。中国诗的简约、含蓄、精练以及白描式的意境都可在他的诗中找到影子。卡雷姆学诗写诗的时代正是现代派文学在西方大行其道的时期，他身处其中，不能不受影响，但他很快就摆脱了那些实验诗，坚持走自己的大众化道路。在他心中，读者高于一切，甚至高于"艺术"，换言之，大众化是他最重要的艺术。这条路，他没有走错，他在世界各国拥有那么多读者，获得了那么多奖项就是证明。当那些红极一时的诗人渐渐被人淡忘，他却进入了经典诗人的行列。可以说，他在一定程度上挽救了诗歌。如果我们多一些这样的诗人，心中想着大众而不仅仅是"为艺术而艺术"，诗歌也许就会有更多的读者。

读卡雷姆的诗是愉快的，译卡雷姆的诗却不轻松。他的诗浅显易懂，但在这种浅显后面潜藏着精湛的艺术。正如比尔尼女士在"代序"中所说，这是一种"复杂的简洁"。而在我看来，这种简洁才是最高的艺术，只有在艺术上达到炉火纯青的地步，才敢俗，才敢浅，才敢易。在翻译过程中，我常常感受到诗后面的这种功力。一首诗，你读得津津有味，但当你把它转换成中文时，却变得索然无味。在翻译过程中丢了什么？诗意、节奏、韵律、形式，似乎什么都没丢，可诗已不是原来的诗了。在翻译卡雷姆诗歌的六七年中，我译译停停，多次想放弃，但每次都欲罢不能，因为那种魅力是无法抵挡的，那种挑战又时时吸引着我。我知道有的诗是不能译的，但"诗之国"的子民读不到卡雷姆的诗，那将是一种多么大的遗憾！1998年，我去了比利时，参观了卡雷姆纪念馆，并在卡雷姆故居，也即诗中的"白屋"住了一晚。那一晚，我和比尔尼女士谈了很多很久，并细细察看了屋中的一切，想从中找到诗人的痕迹。比尔尼女士告诉我，屋中的物品都是卡雷姆生前用过的，家具的摆设和室内的装饰也与诗人生前一样。我在"白屋"里发现了诗中所写的许多细节，仿佛感受到了诗人跳动的脉搏。那天晚上，我几乎一夜未眠。躺在诗人睡过的床上，梦想着诗人的梦想，我终于发现译诗中少了什么——那是一种看不见摸不着的心灵感应。译诗的过程是译者与诗人心灵碰撞的过程，没有这种碰撞又怎能抓住诗的灵魂，体验出诗歌的真谛，进而把它诗意地表达出来呢？

　　这本诗选是从卡雷姆的十多本诗集中精选出来的，选择和翻译都得到了比尔尼女士的大力协助。她曾是卡雷姆的秘书和助手，更是卡雷姆忠实的读者和精神伴侣，她的热情、忠诚和美丽曾激发诗人的许多灵感，卡雷姆有不少诗就是献给她的，后来还把这些诗结成一个集子，取名为《情人》，题赠给她。诗人去世后，比尔尼女士为传播推广他的诗到处奔走和呼吁，并把它作为自己毕生的事业。她为诗人放弃了自己的爱情和婚姻，也为诗人献出了自己所有的时间和精力，数十年来，她举办了不知多少场展览和讲座，出版了无数研究文集。在她的主持下，"卡雷姆之友"协会的活动开展得有声有色，卡雷姆纪念馆访者不断，卡雷姆研究期刊也一直按期出版。在每年的巴黎书展上，都能看到比尔尼女士的身影。她专门为卡雷姆设了一个展台，摆放着卡雷姆各版本、各语种的诗集和研究书刊，布置得漂漂亮亮。

尽管光顾者不多，但她的这种执着、这种忠诚，相信接触过她的人都难以忘怀。

卡雷姆的诗选曾于2002年以《黑蜘蛛》为名出版，收入河南人民出版社的"比利时文学经典译丛"；2013年台湾远流出版公司以《你就这样几小时地听着雨声》为名出版了繁体版。这次新版，译者增加了一些新译，并修改了部分译文，力求以更完美的姿态把卡雷姆的诗歌精华奉献给读者。

胡小跃

2021年3月

Maurice Carême

Poèmes choisis

© Fondation Maurice Carême

本书的出版受到莫里斯·卡雷姆纪念馆支持,谨致谢意。

 出 品

地球旅馆

 全国总经销

捧读文化
触及身心的阅读

出 品 人	张进步　程　碧
特约编辑	孟令堃
装帧设计	陈旭麟 @AllenChan_cxl
内文排版	杨瑞霖

出版投稿、合作交流，请发邮件至：innearth@foxmail.com
了解新书，图书邮购、团购、采购等，请联系发行电话：010-8580557